Winnie-the-Pooh
小熊維尼

艾倫・亞歷山大・米恩 A. A. Milne 著
陳錦慧 譯

送給她

克里斯多佛和我
大手牽小手走來
把這書放在妳懷裡

妳大吃一驚吧？
妳喜歡吧？
正是妳想要的吧？

因為書是妳的了——
因為我們愛妳

開場白

如果你碰巧讀過另一本有關克里斯多佛．羅賓的書，可能記得他曾經擁有一隻天鵝（或那隻天鵝擁有克里斯多佛．羅賓，我也說不清），也會記得他喊這隻天鵝「噗噗」。那是很久以前的事了。後來我們跟天鵝道別，順便帶走這名字，反正天鵝應該不要了。所以，當小熊愛德華說他想要一個完全屬於他自己的有趣名字，克里斯多佛．羅賓想都沒想，脫口而出喊他噗噗維尼，這名字從此跟著他。好啦，現在你知道「噗噗」的來由了，我再來說說另外那部分。

在倫敦待久了，你不可能不去逛動物園。有些人去動物園按部就班，從那個叫「入口」的地方開始，以最快的速度走過每一個籠子，去到那個叫「出口」的地方。那些最率真的人會直接去找他們最愛的動物，留在那裡。所以，克里斯多佛．羅賓去動物園的時候，會直接去北極熊的家，對左邊第三個管理員說些悄悄話，門就開了。我們漫步穿過黑漆漆的走道，爬上陡峭的樓梯，最後來到那個特別的籠子旁。籠子打開來，一隻毛茸茸的棕色動物晃啊晃地走出來。克里斯多佛．羅賓奔進牠懷裡，開心地大喊：「熊熊！」這頭熊的名字叫做維尼，一看就知道這名字有多麼適合熊。好笑的是，我們記不清究竟是先有「噗噗」才有「維尼」，或先有「維尼」才有「噗噗」。以前我們知道，後來忘記了……

我寫到這裡，小豬突然抬起頭，用他吱吱叫的聲音問：「那我呢？」

我說：「親愛的小豬，這整本書寫的都是你。」他尖聲尖氣地說：「也寫了噗噗。」你也看出來了，他在吃醋，因為他覺得噗噗一個人在這篇盛大的開場白裡出盡風頭。當然，噗噗最討人喜歡，但無可否認地，小豬也有很多噗噗沒有的優點。比如說，你帶噗噗去上學，很難不被人發現。小豬個子超迷你，可以溜進你口袋，當你想不起來二×七到底是十二還是二十二，知道有他在身邊，心裡總是踏實許多。有時他會偷偷跑出來，在墨水瓶裡往外看，這麼一來，他學到的東西就比噗噗多。不過噗噗不介意，他說，有人聰明有人笨。確實如此。

這下子大家都七嘴八舌地問：「那我們呢？」我看開場白也別再寫了，咱們說故事吧。

亞歷山大・米恩

目錄

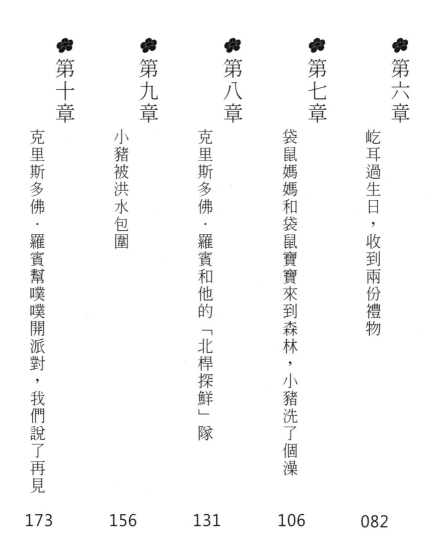

往北極
N
W
E
S
大小石頭
蜜蜂的樹
兔子的眾親友
貓頭鷹的家
我的家
百畝森林
遍布沼澤的傷心地
屹耳鬱悶的地方

野餐的好地方
兔子的家
袋鼠寶寶玩耍的沙坑
袋鼠的家
六株松
噗噗抓長鼻怪的陷阱
噗噗熊的家
小豬的家
淹水的地方
這裡沒有大臭鼠

第一章　我們認識了噗噗維尼和一群蜜蜂。故事開始……

小熊愛德華來了，正在下樓梯，咚、咚、咚，後腦勺著地，一蹬一蹬地跟在克里斯多佛・羅賓腳後跟。據他所知，下樓的方法只有這一種。不過，偶爾他真心覺得，只要能夠停下來好好思考一番，應該會找到別種方法，卻又覺得可能沒有。總之，他已經來到樓下，準備跟你認識：噗噗維尼隆重登場。

我第一次聽見他的名字時說，「他是男生吧？」你一定也會這麼問。

「我也這麼以為。」克里斯多佛・羅賓說。

「那麼你不能喊他維尼吧？」

「我沒有。」

「可是你剛才說……」

「他叫噗噗維尼，要捲舌。你不知道捲舌的意思嗎？」

「嗯，現在明白了。」我趕緊答。希望你也聽懂了，因為他不會再解釋。

噗噗維尼在樓下時，偶爾喜歡玩個遊戲，偶爾喜歡靜靜坐在爐火前聽個小故事。這天晚上……

「說個故事好嗎？」克里斯多佛．羅賓問。

「什麼故事？」我問。

「你能不能說個故事給噗噗維尼聽？」

「應該可以吧。」我說，「他喜歡什麼樣的故事？」

「他自己的故事，因為他就是那種熊。」

「喔，這樣啊。」

「拜託拜託。」

「我來試試。」我答。於是我說了這個故事。

從前，已經很久很久了，差不多上星期五，噗噗維尼一個人住在森林裡的山德斯寓所。

（「『山德斯寓所』是什麼意思？」克里斯多佛．羅賓問。

「意思是他家門上掛著牌子，用金黃色的字寫著『山德斯』，他住在裡面。」

「剛才噗噗維尼沒聽懂。」克里斯多佛．羅賓說。

「現在我懂了。」有個聲音咆哮。

「那我接著講。」我說。）

有一天他出門散步，來到森林中間一塊空地，空地中間有一棵高大的橡樹，樹梢傳來響亮的嗡嗡聲。

噗噗維尼坐在樹底下，兩隻腳掌托著下巴，認真思考。

首先他告訴自己，那個嗡嗡聲不單純，你不常聽到那樣的嗡嗡聲。像那樣嗡嗡嗡響個不停，肯定有點什麼。如果有個嗡嗡聲，那麼一定有某種東西發出嗡嗡聲。據我所知，你之所以發出嗡嗡聲，原因只有一個，那就是你是蜜蜂。

他又想了很久，才說：「我還知道當蜜蜂只有一個目的，那就是釀蜂蜜。」

這時他站起來，說：「釀蜂蜜只有一個目的，就是給我吃。」他開始爬樹。

他爬呀爬呀爬呀，一面爬，一面給自己唱個小曲。

歌詞是這樣的：

熊竟然愛蜂蜜，

是不是很神奇？

嗡！嗡！嗡！

真叫人想不通。

他又往上爬一點……再往上一點……又往上一點點，到這時他已經編出另一首歌。

這樣的念頭實在有點瞎：

如果熊是蜜蜂，會把巢築在樹下，

如果真是這樣（如果蜜蜂是熊），

我們就不必爬到高空中。

他已經爬累了，所以唱起牢騷歌。他就快到了，只要站上那根樹枝……

咔啦！

「噢，救命啊！」噗噗摔下來，落在底下三公尺那根樹枝。

「如果我沒有……」他彈到六公尺以下的另一根樹枝。

「我本來打算，」他頭上腳下，迫降在底下九公尺的另一根樹枝。

「我原本打算……」

「當然，這實在有點……」他超高速滑過接下來六根樹枝。

「這都是……」他向最後一根樹枝道別，凌空轉了三圈，姿態曼妙地飛進金雀花叢裡。「都是太喜歡蜂蜜的後果。救命呀！」

他爬出金雀花叢，拍掉鼻子上的刺，又開始思考。他想到的第一個人是克里斯多佛．羅賓。

（「是我嗎？」克里斯多佛．羅賓驚奇地問，幾乎不敢相信自己的耳朵。

「是你沒錯。」

克里斯多佛・羅賓沒說話，但他的眼睛越睜越大，臉蛋越來越紅。）

於是噗噗維尼去找他朋友克里斯多佛・羅賓。羅賓住在森林另一邊一扇綠色大門裡。

「早安，克里斯多佛・羅賓。」他說。

「早安，噗噗維尼。」你記得捲舌。

「我想問你有沒有氣球？」

「氣球？」

「嗯。我在來這裡的路上跟自己說：『不知道克里斯多佛・羅賓有沒有氣球這玩意兒？』我就這麼想著氣球，自言自語納悶著。」

「你要氣球做什麼？」你問。

噗噗維尼看看四周，確定沒人偷聽，這才舉起腳掌遮在嘴邊，非常小聲地說：「蜂蜜！」

「可是你沒辦法用氣球採蜂蜜呀！」

「我可以。」噗噗說。

巧得很，你前一天才去朋友小豬家裡參加派對，派對上有氣球。你拿到一顆綠色大氣球；兔子的某個親戚拿到藍色大氣球，卻沒帶走，因為他年紀太小，還不知道派對是怎麼回事。所以你帶了綠色氣球和藍色氣球回家。

「你要哪一顆？」你問噗噗。他用腳掌托著腦袋，認真地想。

「是這樣的，」他說。「帶著氣球去取蜂蜜時，最重要的是別讓蜜蜂發現。如果帶了綠色氣球，牠們可能會以為那是樹，不會特別留意。如果拿藍色氣球，牠們可能以為那是天空，也不會在乎。問題在於：哪一種比較可能？」

「牠們不會發現氣球底下的你嗎？」你問。

「也許會，也許不會。」噗噗維尼說。「誰知道那些蜜蜂怎麼想。」

他想了一下，又說：「我來扮成一小朵烏雲，這樣就能騙過牠們。」

「那麼你最好拿藍色氣球。」你說。事情就這麼決定了。

你們帶著藍色氣球出去，你跟平常一樣帶了槍，以防萬一。噗噗維尼知道有個泥灘，他去那裡滾了又滾，把自己弄得黑忽忽。等氣球吹得好大好大，你跟噗噗一起拉著繩子。你突然鬆手，噗噗優雅地飄向天空，停在那裡，跟樹梢一樣高，距離卻有六公尺遠。

「萬歲！」你大喊。

「這計畫是不是很讚？」噗噗對底下的你大喊。「我看起來像什麼？」

「像拉著氣球的熊。」你說。

「蛤……」噗噗急著問。「不像藍天裡一朵小烏雲嗎？」

「不太像。」

「也許從這上面看起來不一樣。就像我說的，誰知道那些蜜蜂怎麼想。」

這時沒有風可以把他吹向那棵橡樹，他只能掛在原處。他看得見蜂蜜，聞得到香氣，卻怎麼也搆不著。

又過了一會兒，他喊了樹下的你。

「克里斯多佛．羅賓！」他悄悄大聲喊。

「哈囉！」

「我覺得那些蜜蜂察覺了！」

「察覺什麼？」

「不清楚。我只是覺得牠們起疑了！」

「是不是懷疑你想偷牠們的蜜？」

「有可能，誰知道那些蜜蜂怎麼想。」

你們沉默了一會兒，然後他又低頭叫你。

「克里斯多佛．羅賓！」

「什麼事？」

「你家有雨傘嗎？」

「應該有。」

「你能不能去拿來，撐著走來走去，偶爾抬頭看看我，說：『嘖！嘖！看樣子快下雨了。』如果你這麼做，我們比較有機會騙過那些蜜蜂。」

你在心裡偷笑，想著，呆頭熊！但你不會說出來，因為你太喜歡他，所以你回家拿傘。

「你來了！」噗噗對回到樹下的你說。「我有點著急，因為那些蜜蜂千真萬確起疑了。」

「我現在把傘撐起來嗎？」你問。

「對，不過先等一等。我們要精明點，重點是要騙過女王蜂，你在底下看得出哪隻是女王蜂嗎？」

「看不出。」

「可惜。那好吧，你就打著傘走來走去，邊走邊說：『嘖！嘖！快下雨了。』我來想辦法唱一首雲的歌，就像雲會唱的那種歌……開始！」

你在樹下來來回回地走，納悶著會不會下雨，噗噗唱了起來：

當雲兒可真好，
飄得又遠又高！
每一朵小雲彩
都喜歡唱開懷。

當雲兒可真好，
飄得又遠又高！

他覺得很快活，能當個小雲朵。

蜜蜂跟平常一樣，疑神疑鬼地嗡嗡叫。那朵雲唱到第二段時，真的有幾隻從巢裡飛出來，繞著雲打轉，甚至有一隻在雲朵的鼻子上坐了一會兒，才又飛走。

「克里斯多佛……哎唷！……羅賓！」那朵雲喊了一聲。

「什麼事？」

「我剛剛一直在思考，得出一個很重要的結論。這些蜜蜂品種不對。」

「是嗎？」

「完全不一樣的品種，我猜牠們釀的蜜也不對。你說呢？」

「是嗎？」

「嗯。我想我該下去了。」

「你要怎麼下來？」你問。

噗噗維尼還沒考慮過這個問題。如果他鬆開繩子，會「砰」地摔下地，他一點也不想那樣。他想了很久，才說：

「克里斯多佛・羅賓，你得拿槍射氣球。你帶了槍嗎？」

「當然帶了。」你說。「可是如果我那麼做，氣球就毀了。」

「如果你不那麼做，」噗噗說。「我只能鬆手。那我就毀了。」

聽他這麼一說，你覺得有道理，於是小心翼翼瞄準氣球，開了一槍。

「哎唷！」噗噗叫了一聲。

「沒射中嗎？」

「那倒不是。」噗噗說。「你只是沒射中氣球。」

「真抱歉。」說完，你又開一槍。這回你命中氣球，空氣慢慢漏掉，噗噗維尼飄回地面。

只是，他的胳膊拉氣球繩子拉得太久，又痲又硬，接下來一個多星期都舉在空中，放不下來。蒼蠅飛來停在他鼻子上時，他只能吹走牠。我在想，可能是因為這樣，他的名字才會叫噗噗，但我不是很確定。

＊＊＊

「故事結束了嗎？」克里斯多佛·羅賓問。

「這個故事結束了，還有別的。」

「我和噗噗的故事嗎？」

「還有小豬、兔子和所有人，你不記得了嗎？」

「我記得，可是我認真想的時候，又想不起來。」

「有一天噗噗和小豬想抓長鼻怪……」

「他們沒抓到吧？」

「沒有。」

「噗噗抓不到，因為他沒腦子。那麼我抓到了嗎？」

「那要聽故事才知道。」

克里斯多佛·羅賓點點頭。

「其實我記得。」他說。「只是噗噗不太記得了，所以他想再聽一次。這麼一來它就變成真的故事，不只是記在腦子裡的東西。」

「我也這麼覺得。」我說。

克里斯多佛・羅賓嘆了一大口氣，拉起小熊的腿走出去，把噗噗拖在腳後跟。到了門口他回頭問：「要來陪我洗澡嗎？」

「也許吧。」我說。

「我那一槍沒打傷他吧？」

「一點也沒有。」

他點點頭，走了出去。不一會兒我聽見噗噗維尼咚！咚！咚！跟著他上樓去了。

第二章　噗噗出門訪友，鑽進窄洞裡

小熊愛德華，朋友都喊他噗噗維尼，或簡稱噗噗。有一天他走在森林裡，得意非凡地哼著小調。就在那天早上，他站在鏡子前做健身運動時，做了一支小曲子。他一面哼，一面使勁往上伸展：嚓啦啦，嚓啦啦；再彎腰前掌碰腳趾：嚓啦啦，嚓啦……哎唷，救命！……啦。等他吃過早餐，這支曲子已經重複得太多遍，全都記熟了。現在他可以完完整整地哼出來，像這樣：

嚓啦啦，嚓啦啦。
嚓啦啦，嚓啦啦。
啷、噹、踢兜、昂、噹。
踢兜、伊兜、踢兜、伊兜。
踢兜、伊兜、踢兜、伊兜。
啷、噹、噹、踢兜、昂。

他一面輕快地往前走，一面哼這支小曲給自己聽，納悶著其他人都在做什麼，也好奇如果自己變成別人會是什麼感覺。不久他來到一片沙岸，當中有個大洞。

「啊哈！」噗噗說。（啷、噹、踢兜、昂、噹）「如果我還算有點常識，那個洞裡住著兔子。兔子可以跟我做伴。有同伴等於有東西吃，有人聽我哼曲子之類的。唧、噹、噹、踢兜、昂。」

他彎下腰，把頭伸進洞裡喊道：

「有人在家嗎？」

洞裡突然響起一陣腳步聲，之後無聲無息。

「我剛才說的是：『有人在家嗎？』」噗噗扯開嗓門大吼。

「沒有！」有個聲音答。那聲音又補上一句，「不需要吼這麼大聲，你第一次喊我就聽得很清楚了。」

「傷腦筋！」噗噗說。「裡面一個人都沒有嗎？」

「沒有。」

噗噗維尼把頭從洞裡伸出來，想了一下，對自己說，「裡面一定有人，因為一定有人說了『沒有』。」他又把頭伸進洞裡，說道：

「哈囉，兔子，是你嗎？」

「不是。」這回兔子換了個嗓音。

「那不是兔子的聲音嗎？」

「我不這麼認為，」兔子說。「不應該是。」

「哦！」噗噗說。

他又把頭伸出來，再想一下，重新探頭進洞，問道：

「能不能請你告訴我兔子上哪兒去了？」

「他去拜訪噗噗熊，他們是很要好的朋友。」

「可是我就是呀！」噗噗非常驚訝。

「是哪個『我』？」

「噗噗熊。」

「你確定？」兔子更驚訝。

「非常非常確定。」噗噗說。

「喔，那就進來吧。」

噗噗擠呀擠呀擠，終於鑽進洞裡。

「你說得沒錯，」兔子把他從頭到腳打量一遍。「果然是你。真高興見到你。」

「你以為是誰？」

「唔，我不確定。你知道森林裡就是這樣，總不能把隨便把什麼人都請進家裡來，還是謹慎點好。想吃點什麼嗎？」

每天早上十一點噗噗都會吃點東西，他看見兔子拿出盤子和杯子，非常開心。等兔子問他：「你的麵包要塗蜂蜜或煉乳？」他實在太興奮，脫口就說：「都要。」又覺得這樣好像太貪心，趕緊補一句：「麵包可以免了，謝謝。」接下來很長時間他一句話也沒說……最後，他用有點黏答答的聲音哼著小曲，站起來親切地握了握兔子的腳掌，說他該走了。

「不再坐會兒嗎？」兔子客氣地問。

「嗯，」噗噗說。「我是可以多待一會兒，只要……只要你……」他眼巴巴地往食物櫃的方向望去。

「事實上，」兔子說。「我馬上要出門了。」

「噢，那麼我就走了。再見。」

「嗯，再見。如果你真的不想再吃點東西。」

「還有東西吃嗎？」噗噗馬上問。

兔子掀起碗盤上的蓋子，說道：「沒有了。」

「我想也是。」噗噗點點頭。「那好吧，再見。我該走了。」

他開始爬出洞。他前腳拉、後腳推，不一會兒鼻子就伸出洞口了……

接著是耳朵……前腳……肩膀……然後……

「哎呀，救命啊！」噗噗說。「我最好退回去。」

「噢，傷腦筋！」噗噗說。「我只能前進。」

「我進退不得！」噗噗說。「噢，救命啊！傷腦筋！」

這時兔子也想出門散步，發現前門堵住了，只好走後門出去，繞回噗噗身邊，看著他。

「嗨！你卡住了嗎？」他問。

「沒……沒有。」噗噗滿不在乎地說。「只是休息一下，想點事情，順便給自己哼個小曲。」

「來，把腳掌伸過來。」

噗噗維尼伸出腳掌，兔子拉呀拉呀拉呀……

「哎唷！」噗噗大叫。「你弄痛我了！」

「沒錯，」兔子說。「你卡住了。」

「都怪……」噗噗氣呼呼地說。「有人的前門不夠大。」

「都怪……」兔子板起臉孔。「有人吃得太多。剛才吃東西時我就覺得有人吃太多，而且那個人不是**我**。我只是不想說出來。好吧好吧，我去找克里斯多佛．羅賓。」

克里斯多佛．羅賓住在森林另一頭，他跟兔子一起來，看見噗噗前半截，說道：「呆頭熊。」他的語氣充滿憐愛，大家頓時覺得希望無窮。

「我剛剛還在想，」噗噗輕聲吸吸鼻子說。「兔子也許再也沒辦法走他家前門了，我很不願意事情演變那樣。」

「我也是。」兔子說。

「走他家前門？」克里斯多佛・羅賓說。「他當然可以再走他家前門。」

「太好了。」兔子說。

「噗噗，既然我們沒辦法拉你出來，也許可以把你推進去。」

兔子捻了捻鬍子，深思熟慮一番，說道，一旦噗噗被推回洞裡，就回到洞裡了。當然，沒有誰比他更樂意見到噗噗，只是，有些人住在樹上，有些人住在地底，有些……

「你是說我永遠出不來？」噗噗問。

「我是說，」兔子答。「你好不容易鑽出這麼一大截，再退回去豈不白費工夫。」

克里斯多佛·羅賓點點頭。

「那麼就只有一個辦法。」他說。「等你瘦下來。」

「要等多久才會瘦下來？」噗噗不安地問。

「我猜大約一星期。」

「可是我不能在這裡待一星期！」

「呆頭熊，你待在這裡一點都不難，難的是弄你出去。」

「我們會念書給你聽。」兔子說得輕鬆愉快。

「但願不會下雪。」他接著說。「還有，兄弟，你占掉我家裡很多空間，我能不能借你的後腳當毛巾架用？因為，反正它們就在那裡閒著，拿來掛毛巾挺方便的。」

「一星期！」噗噗一臉沮喪。「我怎麼吃東西？」

「你恐怕不能吃東西。」克里斯多佛．羅賓說。「才能瘦得快。至少我們會念書給你聽。」

噗噗想嘆氣，卻嘆不出來，因為卡得太緊。一滴淚水從他眼裡滾下來，他說：

「那你們可以讀點鼓舞人心的書嗎？能給卡得動彈不得的熊加油打氣那種。」

接下來那一星期，克里斯多佛．羅賓在噗噗的北端讀那一類的書，兔子在他南端掛毛巾……噗噗覺得自己中間那截越來越苗條。一星期後，克里斯多佛．羅賓說：「可以了！」

他抱住噗噗前腳，兔子抱住克里斯多佛・羅賓，兔子的全體親友抱住兔子，大家一起拉……

很長一段時間裡，噗噗只說：「哎唷！」

然後是，「噢！」

突然之間，他說「啵！」就像軟木塞從瓶口拔出來。

克里斯多佛・羅賓、兔子和兔子的全體親友個個往後摔個倒栽蔥……疊在最上面那個是噗噗維尼，終於脫困！

他點點頭向朋友們道謝，繼續在森林裡散步，得意地哼著小曲。克里斯多佛・羅賓疼惜地看著他的背影，自言自語地說：「呆頭熊！」

第三章　噗噗和小豬去打獵，差點捕到大臭鼠

小豬的家是山毛櫸樹幹裡的漂亮房子，那棵山毛櫸長在森林正中央，小豬也住在房子正中央。他家旁邊有半塊板子，上面寫著：「擅闖者W」。克里斯多佛．羅賓曾經問小豬那是什麼意思，小豬說那是他爺爺的名字，是他們家的傳家寶。克里斯多佛．羅賓說不可能有人名字叫「擅闖者W」。小豬說可能，因為他爺爺就是，那是「擅闖者威爾」的縮寫，而「擅闖者威爾」就是「擅闖者威廉」的暱稱。小豬說他爺爺有兩個名字，以防不小心弄丟一個。「擅闖者」是爺爺某個叔叔的名字，威廉和「擅闖

者」都是爺爺的名字。

「我也有兩個名字。」克里斯多佛・羅賓隨口說。

「看吧，這就是證明。」小豬說。

某個晴朗的冬日，小豬正在掃門前積雪，碰巧抬起頭看見噗噗維尼。噗噗在繞圈子，邊走邊想事情，聽見小豬喊他，腳步也沒停下來。

「嗨！」小豬說。「你在做什麼？」

「打獵。」噗噗說。

「獵什麼？」

「追蹤某種東西。」噗噗維尼神祕兮兮地說。

「追蹤什麼？」小豬走上前去。

「我剛才也在問這個問題。我問自己：追什麼？」

「你覺得你會怎麼回答？」

「我得等我追上那東西。你看那邊，」噗噗維尼指著前方地面。「你看見什麼了？」

「腳印，有爪子的腳印。」小豬興奮得吱吱叫。「哇，噗噗！你猜那會不會是……是大臭鼠？」

「有可能。」噗噗說。「有時候是，有時候不是，光憑爪印誰也說不準。」

噗噗沒再多說，繼續往前追蹤。小豬盯著他瞧了一會兒，就跑著跟上去。噗噗維尼突然停住，困惑不解地彎腰看那些腳印。

「怎麼了？」小豬問。

「這就怪了。」噗噗說。「現在好像變成兩隻動物了。這隻不管是什麼的動物旁邊多了一隻不管是什麼的動物，牠們現在結伴一起走。小豬，你可不可以跟我一起去？說不定這兩隻動物不友善。」

小豬和氣地搔搔耳朵說，他星期五以前都沒事做，很樂意一起去，以防那隻真的是大臭鼠。

「你應該說，以防那真的是兩隻大臭鼠。」噗噗維尼糾正他。小豬說反正星期五以前他都沒事做。於是他們一起出發了。

這裡剛好有個落葉松小樹林，那兩隻如果真是大臭鼠的動物好像繞著這座樹林打轉，所以噗噗和小豬也跟著牠們繞。小豬邊走邊聊天打發時間，他告訴噗噗他爺爺「擅闖者Ｗ」追蹤獵物後如何消除疲勞，又說他爺爺「擅闖者Ｗ」晚年得了呼吸困難症，還聊了其他有趣的事。噗噗好奇爺爺是什麼樣的東西，他猜想他們追的會不會是兩個「爺爺」。如果是，他能不能帶一個回家留著，那時克里斯多佛・羅賓又會怎麼說。地上的腳印還是一直往前去……

突然間，噗噗維尼停下來，興奮地指著正前方，「看！」

「什麼？」小豬嚇得跳起來。為了掩飾他的驚慌，又多跳一兩下，像在做運動。

「腳印！」噗噗說。「第三隻動物加入原先那兩隻！」

「噗噗！」小豬叫道。「你猜那會不會是另一隻大臭鼠？」

「不是。」噗噗說。「因為腳印不一樣。如果不是兩隻大臭鼠和一隻可能是小臭鼬的動物，就是兩隻可能是小臭鼬的動物和那隻如果真是大臭鼠的動物。我們繼續跟蹤下去。」

他們繼續追蹤，心裡開始有點緊張，說不定前面那三隻動物存心不良。小豬多麼希望他爺爺「擅闖者W」在這裡，而不是在別的地方。噗噗心想，如果他們這時候能突然地、意外地遇見克里斯多佛．羅賓，該有多好，但那只是因為他太喜歡克里斯多佛．羅賓。接著，噗噗冷不防停下腳步，舔了舔鼻尖，像在散熱。他這輩子從沒覺得這麼熱、這麼緊張過。他們前面有四隻動物！

「小豬，你看見了嗎？看看牠們的腳印！三隻看樣子是大臭鼠的動物和一隻看樣子是小臭鼬的動物。又一隻大臭鼠加入了！」

好像是這樣沒錯。地上的足跡在這裡縱橫交錯，在那裡糊成一團，不過，有些地方非常清晰，的確有四組爪印。

小豬也跟著舔舔鼻尖，發現一點都不能消除緊張。他說，「我忽然……忽然想起某件事。我忽然想起某件昨天忘了做、不能留到明天的事。我最好馬上回家去做。」

「我們下午再做，我跟你一起回去。」噗噗說。

「那件事不能下午做。」小豬趕緊說。「那是上午的事，只能上午做。可能的話，最好是在……你覺得現在幾點了？」

「十二點左右。」噗噗維尼看看太陽，答道。

「我正要說，最好是在十二點到十二點五分之間做。所以，親愛的噗噗，如果你不介意……那是什麼？」

噗噗抬頭看看天空，聽見口哨聲，轉頭望向一棵大橡樹的枝葉間，看見他朋友。

「是克里斯多佛·羅賓。」他說。

「啊，那你不會有事的，跟他在一起很安全，再見。」說完，小豬用最快的速度飛奔回家，萬分慶幸總算遠離所有危險。

克里斯多佛．羅賓慢慢從樹上爬下來。

「呆頭熊。」他說。「你們到底在幹什麼？一開始你自己繞著樹叢走兩圈，然後小豬跟在你後面，你們一起繞了一圈，然後你們繞第四圈時……」

「等一等。」噗噗維尼舉起腳掌說道。

他坐下來思考，想得聚精會神。他伸出腳掌跟地上的腳印比對……又搔搔鼻子兩次，站了起來。

「沒錯。」噗噗維尼說。

「我明白了。」噗噗維尼說。

「我太蠢了，上當了。」他說。「我真是一頭沒腦子的熊。」

「你是世界上最棒的熊。」克里斯多佛．羅賓安慰他。

「是嗎？」噗噗心花怒放，滿懷希望地問。

「總之，」他說。「午餐時間快到了。」

於是他回家吃午餐去了。

第四章　屹耳掉了尾巴，噗噗找到一根

老灰驢屹耳站在森林某個長滿薊草的角落，兩隻前腳張得開開的，頭歪到一邊，認真在思考。有時他憂傷地想：「為什麼？」有時又想：「為何？」有時再想：「因為什麼？」有時他不太清楚自己到底在想什麼。所以，當噗噗維尼邁著笨重步伐走過來，屹耳很開心終於可以暫時不想事情，停下來鬱悶地說聲：「你好嗎？」

「那麼你近來如何？」噗噗維尼也問候他。

屹耳的腦袋左右搖晃。

「不如何，」他說。「我好像很久都不如何了。」

「哎呀呀，」噗噗說。「真替你難過。我來看看你。」

屹耳站在原地，哀愁地盯著地面，噗噗維尼繞著他走了一圈。

「咦，你的尾巴怎麼了？」他震驚地問。

「我的尾巴怎麼了？」屹耳問。

「它不在！」

「你確定？」

「嗯，尾巴要嘛在，要嘛不在，不太可能弄錯。你的確實不在。」

「那麼什麼東西在？」

「沒有東西。」

「我來看看。」說著，屹耳慢慢轉身到不久前他尾巴在的位置，卻發現他跟不上。他再從另一邊轉過來，卻又回到最初的地方。最後他低下頭，從兩條前腿之間往後看，然後哀傷地一聲長嘆。「你說得沒錯。」

「我當然說得沒錯。」噗噗說。

「這就對了。」屹耳悶悶不樂地說。「總算找出原因了，難怪。」

「一定是掉在某個地方了。」噗噗維尼說。

「一定是被人拿走了。」屹耳說。沉默老半天後，又說，「有些人就是這樣。」

噗噗覺得自己應該說點有益的話，卻想不出該說什麼。於是他決定做點有益的事。

「屹耳，」他一本正經地說。「我，噗噗維尼，會幫你把尾巴找回來。」

「謝謝你，噗噗。」屹耳說。「你真是個好朋友，不像某些人。」

於是噗噗維尼出發去找屹耳的尾巴。

這是森林裡某個美好的春天早晨，鬆軟的小小雲朵無憂無慮地在蔚藍天空裡玩耍，偶爾蹦蹦跳跳經過太陽公公面前，彷彿想熄滅燦爛陽光。忽而又會跑走，好讓下一個也來鬧著玩。太陽的光線穿過那些雲朵或它們的間隙，大無畏地照耀著。山毛櫸換上漂亮的全新翠綠蕾絲，相較之下，旁邊那叢一整年披著同一套衣裳的冷杉顯得老氣又寒酸。噗噗穿過冷杉林和雜樹林往前邁進。他走下長著金雀花和石南的山坡，翻過布滿岩石的小溪流，爬上陡峭的沙岩河岸，再次走進石南原，最後又累又餓地來到百畝森林。因為貓頭鷹住在這裡。

「如果有誰知道些什麼，」噗噗對自己說。「那就是什麼都知道一些的貓頭鷹，否則我就不叫噗噗維尼。而我的確叫噗噗維尼，所以錯不了。」

貓頭鷹住在栗樹園邸，那是一棟古色古香、格外氣派的房子，比任何人的家都來得豪華，至少噗噗這麼覺得，因為那屋子大門上有門環，也有門鈴拉繩。門環底下有個告示寫著：

如杲需耍开門，請拉伶

拉繩底下有塊牌子，寫著：

如杲不需耍开門，請悄門

這兩塊告示是克里斯多佛・羅賓寫的，因為整座森林裡只有他會寫字。貓頭鷹雖然各方面都很有智慧，能讀、寫、拼出他自己的名字「苗頭英」，可是只要碰到像「痳疹」或「奶油吐司」這些麻煩的字眼，他就會崩潰。

噗噗維尼仔細讀了讀那兩塊告示，先從左到右，為免漏掉什麼，他又從右到左讀一次。然後，為了保險起見，他敲一下又拉一下門環，再拉一下又敲一下拉繩，最後用最洪亮的聲音喊道，「貓頭鷹！快來開門！我是噗噗。」門開了，貓頭鷹探頭出來。

「哈囉，噗噗。」他說。「還好嗎？」

「太糟糕，太悲傷了。」噗噗說。「我朋友屹耳的尾巴不見了，整個人垂頭喪氣。能不能拜託你告訴我該怎麼幫他找回來？」

「這個嘛，」貓頭鷹說。「處理這種案件的慣常流程如下。」

「『罐長柳橙』是什麼意思？」噗噗說。「因為我是一隻沒腦子的熊，會被太難的字考倒。」

「意思是該做的事。」

「原來是這個意思，那就好。」噗噗謙虛地說。

「該做的事如下：首先，公開懸賞。接著……」

「等一等。」噗噗舉起前掌。「我們該怎麼做這個……你剛剛說什麼？你說話的時候打了個噴嚏。」

「我才沒打噴嚏。」

「有，你打了。」

「噗噗，抱歉，我沒有。有誰會不知道自己打噴嚏？」

「如果某些話被噴嚏打掉，你一定會知道。」

「我剛才說的是，『首先，公開懸賞。』」

「你又打噴嚏了。」噗噗哀傷地說。

「我是說懸賞！」貓頭鷹大吼。「我們寫一張告示，任何人只要找到屹耳的耳朵，就可以得到一大份某種東西。」

「懂了，懂了。」噗噗點點頭，又出神地說。「說到一大份某種東西，每天這時候我都會吃一小份某種東西，差不多上午這個時間。」他用渴望眼神看著貓頭鷹家客廳角落裡的食物櫃。「只要一小口煉乳之類的，或許再舔一口蜂蜜。」

「那麼，」貓頭鷹說。「我們寫出告示，張貼在森林各個地方。」

「舔一口蜂蜜……」噗噗喃喃自語。「或……沒有也無妨。」他深深嘆口氣，打起精神專心聽貓頭鷹說話。

貓頭鷹嘮嘮叨叨說個沒停，內容也越來越深奧，最後才繞回原先的話題，說告示應該找克里斯多佛．羅賓寫。

「我大門上的告示就是他幫我寫的。噗噗，你看見了嗎？」

噗噗聽到後來索性閉上眼睛，不論貓頭鷹說什麼，他一律回答「是」或「不」。上一個問題他答了「是」，所以這次他說：「不，完全沒有。」根本不知道貓頭鷹問了什麼。

「你沒看見？」貓頭鷹有點驚訝。「那我們去看看。」

他們往外走。噗噗看看門環和底下的告示，再看看拉繩和底下的告示。他越看那條拉繩，越覺得眼熟，好像曾經在某個地方見過。

「很漂亮的拉繩，對吧？」貓頭鷹說。

噗噗點點頭。

「我好像在哪兒見過。」他說，「可惜想不起來。你從哪兒拿來的？」

「在森林裡撿到的，就掛在樹叢上。一開始我以為有人住在那裡，拉了一下，可是沒有人回應。我又用力拉一下，就被我扯下來了。我看這東西好像沒人要，就帶回來了……」

「貓頭鷹，」噗噗表情凝重。「你錯了，這東西有人要。」

「誰。」

「屹耳。我的好朋友屹耳，他……他喜歡它。」

「喜歡它？」

「離不開它。」噗噗維尼哀傷地說。

說完，他解下拉繩，帶回去給屹耳。等克里斯多佛・羅賓把尾巴釘回原來的位置，屹耳在森林裡又蹦又跳，開心地搖著尾巴。噗噗忽然覺得四肢無力，趕緊回家吃點東西恢復體力。半小時後，他抹抹嘴巴，得意地唱起歌來：

誰找到尾巴？

「是噗噗。」

下午一點四十五

（其實是上午十點四十五）

我找到尾巴！

第五章　小豬遇見長鼻怪

某天，克里斯多佛·羅賓、噗噗維尼和小豬在一起聊天。克里斯多佛·羅賓吞下一口食物，漫不經心地說：「小豬，我今天看見一隻長鼻怪。」

「當時牠在做什麼？」小豬問。

「就大搖大擺走著。」克里斯多佛·羅賓答。「牠應該沒看見我。」

「我也看過一隻。」小豬說。「我自己這麼覺得，不過那隻也可能不是。」

「我也看過。」噗噗說，心裡卻納悶長鼻怪到底是什麼。

「長鼻怪很罕見。」克里斯多佛・羅賓口氣滿不在乎。

「目前看不到。」小豬說。

「這個季節沒有。」噗噗說。

他們又聊了別的事，最後噗噗和小豬一起回家。一開始他們走在百畝森林外圍那條小路上，兩個人都沒說什麼。後來他們到了溪邊，互相扶持踩著溪石過溪，再肩並肩走上石南原，這才開始閒話家常。小豬說：「噗噗，那就是我的看法。」噗噗說：「小豬，我也是那樣覺得。」小豬說：「話說回來，噗噗，我們不可以忘記。」噗噗說：「小豬，這話很對，只不過當時我一時想不起來。」等他們走到六株松，噗噗轉頭四下張望，確定沒別的人聽見，非常認真嚴肅地說：

「小豬，我做了個決定。」

「噗噗，你做了什麼決定？」

「我要抓一隻長鼻怪。」

噗噗說這話時連連點頭，說完停下來等小豬說「怎麼抓？」或「噗噗，這話當真！」或其他打氣的話。可是小豬什麼都沒說。原來小豬心裡在懊惱，為什麼**自己**沒有先想到這個點子。

噗噗又等了一會兒，才說：「我會去做，用陷阱抓。這個陷阱一定要夠狡猾，所以你得幫我。」

「噗噗，我會的。」小豬喜出望外，又問：「我們怎麼做？」

噗噗說：「問題就在這裡。怎麼做？」他們一起坐下來動腦筋。

噗噗想到的是，他們要挖個「好深的洞」，等長鼻怪走過來，掉進洞裡，然後……

「為什麼？」小豬問。

「什麼為什麼？」噗噗反問。

「牠為什麼會掉進去？」

噗噗用腳掌搓搓鼻子，說道，長鼻怪也許走在路上，哼著小曲，抬頭看看天空，想著會不會下雨，沒看見那個「好深的洞」，等牠一腳踩空掉進去才發現，那時已經來不及了。

小豬說這是個非常巧妙的陷阱，可是萬一當時已經下雨了呢？

噗噗又揉揉鼻子，說他沒想到這點。然後他又眼神一亮，說，如果當時已經在下雨，長鼻怪會盯著天空，猜想天氣會不會放晴，所以看不見那個「好深的洞」，直到一腳踩空……那時就來不及了。

小豬說，既然這個問題弄清楚了，他覺得這是個狡猾的陷阱。

噗噗聽見小豬這麼說，非常自豪，簡直覺得已經抓到長鼻怪。只是，還有另一件事需要好好想一想，那就是：**那個「好深的洞」要挖在哪裡？**

小豬說，最佳地點是長鼻怪掉進洞之前所在的地方，距離差不多三十公分左右。

「那麼牠就會看見我們在挖洞。」噗噗說。

「如果牠抬頭看天空就不會。」

「萬一牠碰巧低頭，就會起疑。」噗噗說。他沉思了很久，又說，「事情不如我想像中那麼簡單。可能是因為這樣，所以幾乎從來沒人抓到過長鼻怪。」

「有此可能。」小豬說。

他們嘆口氣，站起來，拔掉身上幾根金雀花刺之後，重新坐下來。過程中噗噗一直自言自語：「如果我能想出辦法就好了！」因為他相信，一顆絕頂聰明的腦袋只要懂得正確的方法，一定能抓到長鼻怪。

「假設……」他問小豬，「你想抓我，你會怎麼做？」

「唔……」小豬答。「我會這麼做：先挖個陷阱，在陷阱裡放一罐蜂蜜，你聞到味道，會進去找，然後……」

「我會進去找蜂蜜，」噗噗振奮地說。「但我會特別小心，免得受傷。我會拿到那罐蜂蜜，沿著罐子邊緣舔一圈，假裝蜂蜜沒了。之後我會走掉，又想一下，再走回去，開始吃罐子中間的蜂蜜，然後……」

「嗯，別管那些了。總之你會在那裡，我就抓到你了。現在我們要想的是：長鼻怪喜歡吃什麼？我猜應該是橡實，你覺得呢？我們去找一大堆……喂，噗噗，醒醒！」

已經進入快樂夢鄉的噗噗突然驚醒，他說蜂蜜比橡實適合當誘餌。小豬不以為然，兩個正要開始爭辯，小豬忽然想到，如果他們要在陷阱裡放橡實，他就得負責去找橡實；如果他們放蜂蜜，那麼噗噗就得拿出他自己的蜂蜜，於是他改口說：「那好吧，就用蜂蜜。」這時噗噗也想到了這點，正要說：「那好吧，就用橡實。」

「那就蜂蜜。」小豬若有所思地說，彷彿事情已經說定了。「我來挖洞，你去拿蜂蜜。」

「那好吧。」說著，噗噗邁著笨重步伐走開。

他一回到家，直接走向食物櫃，站上椅子，從櫃子上層拿下一大罐蜂蜜。罐子上寫著「夆宓」兩個字。為了確認，他掀開封住瓶口的紙，探頭一瞧。看起來的確像蜂蜜。「可是很難說。我記得叔叔說過，他曾經看過這種顏色的乳酪。」他把舌頭伸進去，舔了一大口。「沒錯，是蜂蜜，千真萬確。而且整罐從上到下都是蜂蜜。除非，嗯……」他說。「有人故意開我玩笑，把乳酪放在底下。或許我最好再試一下……以防萬一……以免長鼻怪跟我一樣……不喜歡乳酪……啊！」他嘆了一大口氣。「我說對了，是蜂蜜沒錯，到最底下都是。」

確認過後，他把罐子拿去給小豬。小豬從他那個很深的洞底部往上看，問道：「拿來了嗎？」噗噗說：「拿來了，沒有很多。」他把罐子扔下去給小豬，小豬說：「嗯，的確不太多。你只剩這些嗎？」噗噗說：「對。」因為他真的沒了。小豬把罐子放在陷阱底部，爬了出來，兩人一起回家去了。

他們來到噗噗家時，小豬說，「晚安，噗噗。我們明天早上六點在六株松見面，去看我們抓到幾隻長鼻怪。」

「六點見！小豬，你有繩子嗎？」

「沒有。你要繩子做什麼？」

「牽長鼻怪回家。」

「喔！……我猜只要吹口哨，長鼻怪就會跟你走。」

「有些會，有些不會。誰知道那些長鼻怪怎麼想。晚安！」

「晚安！」

小豬快步跑回他的家「擅闖者W」，噗噗也準備睡覺了。

幾小時後，夜深人靜，噗噗突然醒過來，因為他覺得有種虛脫感。他以前也有過那種虛脫感，知道那代表什麼意思：他餓了。他去到食物櫃，站上椅子，伸手到上層，拿……不到東西。

「這就怪了。」他心想。「我明明有一罐蜂蜜，滿滿一罐，就在最上面一層，上面還寫著『夆宓』，這樣我才知道那是蜂蜜。實在太古怪了。」他開始在屋子裡來回踱步，回想著蜂蜜到底在哪裡，悄聲跟自己說悄悄話：

這實在實在太詭異，
因為我知道我有蜂蜜；
因為上面有標記，
寫著「夆宓」。

挺誘人的一大罐哩，
而我不知道它在哪裡。
不，我不知道它到哪兒去，
這事可真離奇。

他自己低聲呢喃了三遍，有點像在唱歌，這才猛然想起來：他把蜂蜜放進了狡猾陷阱，用來誘捕長鼻怪。

「傷腦筋！」噗噗說。「都是為了想對長鼻怪好一點。」說完他又上床去了。

他睡不著。他越努力想睡著，腦子就越清醒。他開始「數羊」，這個方法偶爾很助眠。可惜數羊也沒用，所以他數長鼻怪。這更糟糕，因為他數過的每一隻長鼻怪都直接跑到他的蜂蜜罐旁，把蜂蜜吃光光。他就這樣痛苦萬分地躺了好幾分鐘，等到第五百八十七隻長鼻怪舔著下巴，喃喃自語說：「這蜂蜜真可口，是我吃過最美味的。」噗噗再也受不了啦，他從床上跳起來，直接跑到六株松。

太陽還沒起床，不過百畝森林上方的天空已經泛起魚肚白，看來太陽就快醒了，不久後就會踢開被子。在朦朧晨光中，松樹的模樣清冷又孤單，那個「好深的洞」顯得比實際上更深，噗噗那罐蜂蜜放在洞底，似乎神祕不可測，只是個形狀，什麼都看不清。不過，等他湊上前去，他的鼻子告訴他那確實是蜂蜜沒錯，他的舌頭也伸了出來，舔了舔嘴唇，準備飽餐一頓。

他把鼻子探進罐子裡，說道：「傷腦筋！蜂蜜被長鼻怪吃了。」他想了一下，又說：「哦，不是，是我吃的。我忘了。」

確實如此，他吃掉了大部分的蜂蜜，幸好罐底還有一點點，他把頭鑽進去，開始舔……

不久後小豬睡醒了。他一醒來就自言自語：「喔！」接著又勇敢地說：「沒錯。」然後又更勇敢些，「就是這樣。」可是他的心有點軟弱，因為他腦子裡最活蹦亂跳的，其實是「長鼻怪」這三個字。

長鼻怪長什麼樣子？

牠凶嗎？

你吹口哨牠就會過來嗎？牠又會怎麼過來？

牠到底喜不喜歡豬？

如果牠喜歡豬，有沒有特別喜歡哪一種豬？

假設牠對豬很凶，那麼如果那隻豬有個爺爺叫「擅闖者威廉」，有沒有差別？

這些問題他都沒有答案……而再過大約一小時，他就要見到他這輩子遇到的第一隻長鼻怪！

噗噗當然會陪他去，兩個人一起去，長鼻怪會比較友善。可是，萬一長鼻怪對豬和熊都很凶呢？今天早上乾脆假裝頭疼，不去六株松是不是比較好？話說回來，如果今天風和日麗，陷阱裡也沒有長鼻怪，那麼他就會整個早上躺在家裡，平白浪費大好時光。他該怎麼辦？

這時他想到一個「絕妙點子」：他現在靜悄悄地去一趟六株松，小心翼翼偷瞄陷阱一眼，看看裡面有沒有長鼻怪。如果有，他就回家躺在床上，如果沒有，就不回家。

於是他出發了。起初他判斷陷阱裡不會有長鼻怪，後來又認為會有。等他靠近了些，就確定有，因為他聽見長鼻怪在鬼吼鬼叫

「噢，天哪！噢，天哪！噢，天哪！」小豬語無倫次。他很想逃跑，可是不知怎的，他覺得已經來到這裡了，一定得看看長鼻怪長什麼模樣。他爬到洞口，探頭一瞧……

這段時間噗噗維尼想盡辦法要摘掉罩在臉上的罐子，但他越使勁甩，罐子就套得越牢。他在罐子裡說：「傷腦筋！」偶爾也說：「噢，誰來幫幫忙！」大部分的時候都說：「哎喲！」他決定拿罐子去撞東西，可是他看不到罐子究竟撞上什麼，所以沒多大效果。他也想爬出陷阱，可是他除了罐子什麼都看不見，就連罐子也只看見一點點，所以找不到路出去。最後他把腦袋跟罐子一起抬起來，發出「悲傷」又「絕望」的吼叫聲……小

豬就是這個時候探頭往下看。

「救命啊！救命啊！」小豬驚聲尖叫。「長鼻怪，恐怖的長鼻怪！」他沒命地跑，一路狂喊，「救命啊，救命啊，長怖的恐鼻怪！恐命啊，恐命啊，怪怖的救鼻長！怖怪啊，怖怪啊，恐怕的長鼻命！」他一路狂奔到克里斯多佛．羅賓家，這才停下腳步，閉上嘴巴。

「小豬，怎麼回事？」剛起床的克里斯多佛．羅賓問。

「救怖，」小豬上氣不接下氣，幾乎說不出話來。「長……長……長鼻怪。」

「在哪裡？」

「那邊。」小豬揮揮腳掌。

「牠長什麼樣？」

「像……像……你沒見過那麼大的頭，克里斯多佛・羅賓。巨無霸的東西，像……什麼都不像。一隻超大……呃，像……我不知道，什麼都不像，就是巨大無比。像個罐子！」

「嗯，」克里斯多佛・羅賓開始穿鞋。「我跟你去看看，走吧。」有克里斯多佛・羅賓在，小豬就不害怕了。他們一起出發……

他們接近陷阱時，小豬緊張地問，「我聽見了，你呢？」

「我聽見某種聲音。」克里斯多佛・羅賓答。

那是噗噗拿頭撞樹根的聲音。他好不容易找到了樹根。

「在那裡！」小豬說。「是不是很嚇人！」他緊緊抓住克里斯多佛・羅賓的手。

克里斯多佛・羅賓突然笑出來……一直笑……笑個不停。他還在笑的時候，長鼻怪的頭「哐啷」一聲撞上樹根，罐子砸碎了，噗噗的腦袋重見天日……

小豬這才發現自己真是一頭「蠢豬」，覺得難為情，連忙拔腿奔回家，上床睡覺治頭疼。克里斯多佛·羅賓和噗噗一起回家吃早餐。

「哦，熊熊！」克里斯多佛·羅賓說。「我好愛你！」

「我也是。」噗噗說。

第六章　屹耳過生日，收到兩份禮物

老灰驢屹耳站在溪邊，望著水中自己的倒影。

「可悲，」他說。「沒錯，確實可悲。」

他轉身，慢條斯理朝下游走了二十公尺，啪啦啦涉水走到對岸，再沿著溪岸慢慢走回來。他又看看水中的自己。

「果然如我所料，」他說。「從這邊看也沒有比較好。反正不會有人介意，沒有人在乎。可悲，就是這樣。」

他背後的羊齒植物叢裡發出細碎的斷裂聲，噗噗走了出來。

「屹耳，早上好。」噗噗說。

「噗噗熊，早上好。」屹耳鬱悶地說。「如果這個早晨當真美好的話。這點我很懷疑。」

「為什麼？怎麼了嗎？」

「沒事。噗噗熊，沒事。不是大家都能，我們有些人不能。事情就是這樣。」

「不能怎樣？」噗噗邊問邊揉鼻子。

「興高采烈；載歌載舞；歡唱〈我們繞著桑樹叢跳舞〉。」

「喔！」噗噗說。他想了半天，又問，「什麼樣的桑樹叢？」

「歡天喜地。」屹耳愁眉不展地說。「這是法文，意思是歡天喜地。我不是在抱怨，但『事實如此』。」

噗噗坐在大石頭上思考。屹耳的話聽起來像謎語，他向來不擅長猜謎，畢竟他只是一頭「沒腦子的熊」。他乾脆唱起〈棉花石派〉：

棉花石，棉花石，棉花石派，
青苔不會長石頭，石頭卻會長青苔。
問我謎語我會猜：
「棉花石，棉花石，棉花石派。」

這是第一段。等他唱完，屹耳沒有說不好聽，噗噗好心地為他唱第二段：

棉花石，棉花石，棉花石派，
魚兒不會吹口哨，我也吹不來，
問我謎語我會猜：
「棉花石，棉花石，棉花石派。」

屹耳還是沉默不語，所以噗噗輕聲哼第三段給自己聽：

棉花石，棉花石，棉花石派，
小雞為什麼，我不明白。
問我謎語我會猜：
「棉花石，棉花石，棉花石派。」

「這就對了。」屹耳說。「唱吧。昂提、提滴哩、昂提突，咱們一起去撿果子採花朵。唱得開心點。」

「我是很開心。」噗噗說。

「有些人可以。」屹耳說。

「為什麼？到底怎麼回事？」

「我看起來像有事嗎？」

「屹耳，你好像不太開心。」

「不開心？我為什麼要不開心？今天是我生日，是一整年最快樂的一天。」

「你的生日？」噗噗非常驚訝。

「當然是。你沒看見嗎？看看我收到的禮物。」他抬起腳從這邊揮到那邊。「看看生日蛋糕，蠟燭和粉紅糖霜。」

噗噗東張西望，看看左邊，再看看右邊。

「禮物？」他說。「生日蛋糕？在哪裡？」

「你看不見嗎？」

「看不見。」噗噗答。

「我也看不見。」屹耳說。「開開玩笑，哈哈！」

噗噗搔搔腦袋瓜子，實在被搞得一頭霧水。

「今天真是你生日嗎？」他問。

「沒錯。」

「喔！屹耳，生日快樂！」

「噗噗熊，生日快樂！」

「今天不是我生日。」

「嗯，是我的生日。」

「可是你說『生日快……』」

「有何不可？你總不希望自己在我生日這天太悲哀吧？」

「喔，這樣啊。」噗噗說。

「我自己這麼悲哀，已經夠糟的了。」屹耳幾乎崩潰。「沒有禮物、沒有蛋糕、沒有蠟燭，甚至沒有人注意到我。可是如果別人也過得這麼悲哀……」

噗噗再也聽不下去了。他告訴屹耳，「待在這裡別動！」連忙轉身，用最快的速度跑回家，因為他覺得自己應該馬上送個禮物給可憐的屹耳，以後再慢慢補個更像樣的禮物。

他在自己家門口碰見小豬，跳上跳下想扣門環。

「嗨，小豬。」他說。

「嗨，噗噗。」小豬說。

「你在做什麼？」

「我想扣門環。」小豬說。「我剛來到這裡……」

「我來幫你。」噗噗和善地說。他舉起腳，扣了門環，說道，「我剛才碰見可憐的屹耳，他心情盪到谷底，因為今天是他生日，卻沒人注意到，所以他悶悶不樂。你也知道屹耳就是這樣，他心情……這房子裡的人為什麼這麼久還不來應門。」他又敲了一次。

「噗噗，」小豬說。「這是你家。」

「喔！」噗噗說。「沒錯。我們進去吧。」

他們一起進屋。噗噗一進門就走到櫃子前，看看家裡還有沒有一小罐蜂蜜。果然有，他拿了下來。

「我要把這個送給屹耳，」他說。「你要送什麼？」

「我不能跟你一起送嗎？」小豬問。「我們倆合送？」

「不行。」噗噗說。「這麼做不太好。」

「那好吧，我送他氣球。上次的派對還剩下一顆，我現在就去拿。」

「小豬，這點子太棒了，他收到氣球一定非常開心，任何人看到氣球都會開心的。」

小豬跑著回家去；噗噗帶著蜂蜜往相反方向走去。

這是個暖和的好天氣，前面的路還很遠。噗噗還沒走到一半，就發現有一股異樣感受悄悄蔓延他全身，從鼻尖開始，往下流淌過軀幹，從腳跟溜出去。好像有人在他身體裡面說：「噗噗，時候到了，該吃點東西了。」

「哎呀呀，」噗噗說。「沒想到時間這麼晚了。」他坐下來，掀開罐蓋，心想：「幸好我帶了這個。很少熊在這樣溫暖的天氣出門，事先想到要帶點吃的。」他吃了起來。

他舔完罐子裡的最後一口，心想：「我來思考思考，剛才我要去哪裡？啊，對了，屹耳。」他慢慢站起來。

這時，突然之間，他想起來了。他吃掉了屹耳的生日禮物！

「傷腦筋！」他說。「我該怎麼辦？我一定得送他東西。」

一時之間他想不出可以送什麼。然後他想到，「嗯，這個罐子挺不錯，就算裡面沒有蜂蜜，只要我把它洗乾淨，找人寫上『生日快樂』，屹耳可以拿它來裝東西，應該滿實用的。」這時他剛好路過百畝森林，就進去找住在裡面的貓頭鷹。

「貓頭鷹你早！」噗噗說。

「噗噗你早！」貓頭鷹說。

「祝你屹耳的生日快樂。」噗噗說。

「哦，是今天嗎？」

「你要送他什麼？」噗噗問。

「那麼你要送他什麼？」

「我要送他一個挺實用的罐子裝東西。我想請你……」

「就是這個嗎？」說著，貓頭鷹拿走噗噗掌中的罐子。

「對，我想請你……」

「有人用這個裝蜂蜜。」貓頭鷹說。

「你想裝任何東西都可以。」噗噗真誠地說。「它就是那麼實用。所以我想請你……」

「你應該在上面寫『生日快樂』。」

「這就是我想拜託你的事。」噗噗說。「因為我寫字歪歪扭扭。我不會寫錯字，只是歪歪扭扭，筆畫老是跑錯地方。你能不能幫我寫上『生日快樂』？」

「這罐子很不錯。」貓頭鷹仔細瞧了罐子一圈。「我不能也送這個嗎？我們倆合送？」

「不行。」噗噗說。「這麼做不太好。我先拿去洗，好讓你在上面寫字。」

他把罐子洗乾淨，擦乾，貓頭鷹舔了舔鉛筆尖，想著「生日」怎麼寫。

「噗噗，你識字嗎？」他有點不安地問。「我門外有個關於敲門和拉鈴的告示，是克里斯多佛．羅賓寫的，你讀得懂嗎？」

「克里斯多佛．羅賓告訴我上面寫些什麼，之後我就讀得懂了。」

「我會告訴你這上面寫了什麼，那麼以後你也會讀了。」

於是貓頭鷹寫了……這是他寫的東西：

牛目忄白

夬幺木

牛曰夬幺

噗噗崇拜地看著。

「我只寫了『生日快樂』。」貓頭鷹輕描淡寫地說。

「寫得又長又漂亮。」噗噗佩服得五體投地。

「**事實上**，我寫的是『生日快樂，愛你的噗噗敬上』。要寫出這麼長的句子，當然筆畫會很多。」

「原來如此。」噗噗說。

這時候，小豬回家拿了要送給屹耳的氣球，緊緊抱在胸前，免得飛走。他加快腳步往前跑，想比噗噗更早一步去到屹耳面前，因為他想要當第一個送禮的人，假裝送禮是他自己的決定，沒有任何人告訴他。他一面跑，一面想像屹耳會有多高興，沒有留神看路，冷不防一腳踩進兔子洞，臉朝下撲倒在地上。

砰！！！

小豬趴在地上，納悶著到底發生了什麼事。起初他以為地球爆炸了，又覺得可能只有森林炸掉了；然後又猜想可能只有他自己爆掉了，而他現在一個人在月球上或別的地方，從此再也見不到克里斯多佛．羅賓或噗噗或屹耳了。最後他想，「好吧，就算我在月球上，也不需要一直趴著。」他小心翼翼爬起來，看看四周。

他還在森林裡！

「那就怪了。」他心想。「剛才那一聲『砰』到底是什麼？我跌倒不可能弄出那麼大的聲音。我的氣球呢？那裡為什麼有一塊溼答答的破布？」

那是氣球！

「噢，天哪！」他說。「噢，天哪！噢，老天！老天爺啊！唉，太遲了，我不能回去，家裡也沒有氣球了，何況也許屹耳並沒有非常喜歡氣球。」

他繼續往前跑，只是心情沮喪極了。他來到屹耳所在的溪岸，出聲喊他。

「早上好，屹耳。」小豬遠遠叫嚷著。

「早上好，小豬。如果這是個美好的早晨的話，但我很懷疑。不過這無所謂。」

「生日快樂。」小豬又走近了些。

屹耳不再盯著自己的倒影，轉頭看小豬。

「你再說一次。」他說。

「生日……」

「等一等。」

屹耳用三隻腳站穩，慢慢把第四隻腳舉到耳朵旁。他第三次摔跤時，說道：「昨天我做過這個動作，不太困難。這是為了聽清楚點……好了，成功了！你剛才說什麼？」他用腳蹄把耳朵往前撥。

「祝你生日快樂。」小豬說。

「對我說的？」

「當然囉。」

「我的生日？」

「沒錯。」

「我也能過個真正的生日？」

「沒錯，屹耳。我還帶了禮物要送你。」

屹耳放下舉在右耳旁的右腳，轉了個身，百般艱難地舉起左腳。

「這回我要用另一隻耳朵聽。」他說。「再說一次。」

「禮物。」小豬大聲說。

「也是給我的？」

「對。」

「還是因為我過生日？」

「當然，屹耳。」

「我也能有個如假包換的生日？」

「對的，屹耳。而且我帶了氣球來送你。」

「氣球？」屹耳說。「你是說氣球嗎？就是可以吹得很大的那種彩色玩意兒？可以興高采烈、載歌載舞、這裡跳跳那裡笑笑？」

「是的，只可惜……屹耳，對不起，我帶著氣球跑過來的時候，跌了一跤。」

「天哪，天哪，太不幸了！我猜你跑太快了。小豬，你沒摔傷吧？」

「沒有。可是我……我……哎，屹耳，我把氣球弄破了！」

空氣凝結了很久。

「我的氣球嗎？」屹耳終於說話。

小豬點點頭。

「我的生日氣球？」

「沒錯，屹耳。」小豬吸吸鼻子。「在這裡。祝……祝你生日快樂。」他把那一小塊溼布交給屹耳。

「就是這個？」屹耳有點意外。

小豬點頭。

「我的禮物？」

小豬又點頭。

「那個氣球？」

「是的。」

「謝謝你，小豬。」屹耳說。「我能不能問你，這顆氣球還是氣球的時候，是什麼顏色？」

「紅色。」

「我只是好奇……紅色。」他喃喃自語。「我最喜歡的顏色……它有多大？」

「跟我一樣大。」

「我只是好奇……跟小豬一樣大，我最喜歡的大小。」他哀傷地對自己說。

小豬心情非常沮喪，不知道該說些什麼。他張開嘴正想說點什麼，又覺得說**那種話**於事無補，忽然聽見溪流對岸傳來叫聲，是噗噗。

「生日快樂！」噗噗大喊，他忘記自己已經說過了。

「噗噗，謝謝你。我聽見了。」屹耳憂鬱地說。

「我給你帶了個小禮物。」噗噗興奮地說。

「我已經收到禮物了。」屹耳說。

噗噗啪啦啦涉過小溪，來到屹耳身邊。小豬遠遠坐在一旁，雙腳抱著腦袋，一抽一答地啜泣。

「是個實用的罐子。」噗噗說。「在這裡。上面還寫了『生日快樂，愛你的噗噗敬上。』上面那些字就是這個意思。可以拿來裝東西。給你！」

屹耳看見罐子時，心情開朗許多。

「哇！」他說。「我的氣球剛好可以放在裡面！」

「不，屹耳。」噗噗說。「氣球太大，放不進罐子裡。氣球要像這樣拿在手上……」

「我的不一樣。」屹耳自豪地說。「小豬，你看！」小豬憂傷地轉過頭來，看見屹耳用牙齒咬起他的氣球，輕輕地放進罐子裡，又拿出來，放在地上；再咬起來，輕輕放回罐子裡。

「真的耶！」噗噗說。「放得進去！」

「真的耶！」小豬說。「也拿得出來！」

「可不是嗎？」屹耳說。「放進放出多麼方便。」

「我太高興了。」噗噗開心地說。「我送了個實用罐子給你裝東西。」

「我太高興了。」小豬開心地說。「我給了你可以裝進實用罐子的東西。」

可是屹耳沒在聽。他忙著把氣球拿出來，又放回去，玩得樂陶陶……

＊＊＊

「我沒送他禮物嗎？」克里斯多佛・羅賓憂傷地問。

「你當然送了。」我說。「你送了……你不記得了嗎？一個……一個……」

「我送他一盒畫畫的顏料。」

「對了。」

「為什麼我不是那天早上送給他？」

「你忙著準備幫他開生日派對。他有個生日蛋糕，上面有糖霜、三根蠟燭，還有粉紅色糖霜寫著他的名字，還有……」

「沒錯，我想起來了。」克里斯多佛・羅賓說。

第七章　袋鼠媽媽和袋鼠寶寶來到森林，小豬洗了個澡

袋鼠和袋鼠寶寶已經住進森林了，卻好像還沒有人知道他們從哪兒來。噗噗問克里斯多佛・羅賓：「他們是怎麼來的？」克里斯多佛・羅賓說：「就這麼來了。噗噗，如果你明白我的意思的話。」

噗噗不明白，但他說「喔！」又連連點頭，說：「就這麼來了。」然後他去找小豬，想聽聽他有什麼看法。他在小豬家遇見了兔子，大家聊起這件事。

「我不喜歡的是，」兔子說。「我們大家住在這裡，你，噗噗；還有

你，小豬，還有我。然後突然間……」
「還有屹耳。」噗噗說。
「還有屹耳……然後突然間……」
「還有貓頭鷹。」
「還有貓頭鷹……然後突然間……」
「喔，還有屹耳。」噗噗說。「我把他給忘了。」
「我們……在……這裡，」兔子說得很慢、很謹慎。「我們……大家。突然間，某天早上我們醒過來，結果看到了什麼？一隻陌生動物出現在我們周圍，一隻我們見都沒見過的動物！一隻把小孩裝在口袋裡到處跑的動物！假設我也把全家人裝在我口袋裡到處去，我得要有多少口袋才夠用？」

「十六個。」

「十七個，對吧？」兔子說。「還要一個放手帕，總共十八個。一套西裝十八個口袋！我可沒那麼多時間。」

大家心事重重，沉默好一陣子……然後眉頭緊緊皺了幾分鐘的噗噗說：「我說十五。」

「什麼？」兔子問。

「十五。」

「十五什麼？」

「你的家人。」

「他們怎麼了？」

噗噗揉揉鼻子，說他以為兔子在聊他的家人。

「是嗎？」兔子不以為然地說。

「嗯，你剛才說……」

「別管那些，噗噗。」兔子有點不耐煩。「我們在討論的是，袋鼠的事該怎麼處理？」

「喔，好吧。」噗噗說。

「最好的辦法是，」兔子說。「把袋鼠寶寶偷偷抓走藏起來，等袋鼠問：『寶寶呢？』我們就答：『啊哈！』」

「啊哈！」噗噗開始練習。「啊哈！啊哈！不過……」他說。「就算我們沒偷走袋鼠寶寶，一樣可以說『啊哈！』」

「噗噗，」兔子口氣友善。「你沒腦子。」

「我知道。」噗噗謙虛地說。

「我們說『啊哈！』暗示袋鼠我們知道袋鼠寶寶的下落。『啊哈！』意思是『只要妳答應離開森林，永遠不再回來，我們就告訴妳袋鼠寶寶在哪裡。』別再說了，我要想事情。」

噗噗走到角落，用類似語氣說「啊哈！」有時候他覺得自己好像表達出兔子所說的意思，有時好像又沒有。「看來我還得多練習，」他心想。「那麼袋鼠如果要聽懂話裡的意思，是不是也需要練習。」

「可是有個問題，」小豬有點不安。「我聽克里斯多佛・羅賓說過，一般認為袋鼠是凶猛的動物。我通常不害怕凶猛的動物，只是，大家都知道，當凶猛的動物失去孩子，就會變成兩倍凶猛的動物。在那種情況下，對牠們說『啊哈！』可能不太聰明。」

兔子拿出一枝鉛筆，舔了舔筆尖，說道：「小豬，你沒膽子。」

「我的個子這麼小，」小豬輕聲吸了吸鼻子。「很難勇敢得起來。」

寫得正起勁的兔子抬起頭來說：

「正因為你個子夠小，才能在接下來這件大事發揮作用。」

小豬得知自己可以有點用處，興奮得不得了，連害怕都給忘了。又聽見兔子說袋鼠只有冬天比較凶猛，其他季節性情溫和，他簡直坐不住，急著要去派上用場。

「那麼我呢？」噗噗悲傷地問。「我發揮不了作用吧？」

「噗噗，沒關係。」小豬用安慰的口氣說。「下次吧。」

「少了噗噗，」兔子一面把筆削尖，一面嚴肅地說。「這件大事辦不成。」

「噢！」小豬努力掩飾內心的失望。噗噗走到房間角落，自豪地對自己說：少了我辦不成！真了不起的熊。

「你們都聽仔細。」兔子說。他終於寫完，小豬和噗噗興匆匆地坐下來，張著嘴仔細聽。兔子開始讀：

抓袋鼠寶寶計畫書

一、一般觀點：袋鼠跑得比我們都快，甚至比我快。

二、也是一般觀點：袋鼠的視線永遠不會離開袋鼠寶寶，除非他平平安安待在袋子裡。

三、因此。如果我們想捉袋鼠寶寶，一定得搶得先機，因為袋鼠跑得比我們都快，甚至比我快。（參考一）

四、一點想法：如果袋鼠寶寶跳出媽媽口袋，小豬跳進去，袋鼠不會察覺，因為小豬個子很小。

五、跟袋鼠寶寶一樣。

六、可是袋鼠一定得先看別的地方，才不會看見小豬跳進去。

七、見二。

八、另一點想法：如果噗噗跟她聊得熱絡，她或許會暫時移開視線。

九，那時我就可以抱著袋鼠寶寶跑掉。

十、跑得飛快。

十一、要等到事情結束以後，袋鼠才會發現。

兔子讀得洋洋得意，他讀完了以後，現場一片靜默。小豬的嘴巴開開闔闔老半天，卻沒發出聲音，最後才沙啞地問：

「然……然後呢？」

「什麼意思？」

「等袋鼠發現以後呢？」

「那時我們一起說『啊哈！』」

「我們三個一起？」

「對。」

「喔！」

「怎麼了？小豬，有什麼問題嗎？」

「沒事。」小豬說。「只要我們三個一起說，只要我們三個都在場，我不介意。我可不想自己一個人說『啊哈！』聽起來效果可能沒那麼好。對了，你剛才說冬天的事，確定嗎？」

「冬天怎麼了？」

「呃，只有冬天比較凶猛。」

「對，對，一點也沒錯！噗噗，你知道自己該做什麼了吧？」

「不。」噗噗答。「還不知道。我要做什麼？」

「你只要跟袋鼠聊天，引開她的注意力就行。」

「喔！聊什麼？」

「聊什麼都行。」

「比如跟她談談詩或什麼的？」

「沒錯。」兔子說。「太好了，走吧。」

他們一起出去找袋鼠。

袋鼠和袋鼠寶寶在森林裡一片沙地上，享受悠閒的午後。袋鼠寶寶在沙地上練習跳躍，他只能跳出極小極小的距離，不時跌進老鼠洞又爬出來。袋鼠在一旁焦急地催促：「親愛的，再跳一次就好了，該回家了。」這時一步步爬上山坡的，當然是噗噗。

「午安，袋鼠。」

「午安，噗噗。」

「看我跳跳。」袋鼠寶寶尖聲叫著，又跌進另一個老鼠洞。

「嗨，寶寶。」

「我們正要回家。」袋鼠說。「午安，兔子。午安，小豬。」

兔子和小豬從另一邊山坡上來，說道：「午安！」和「嗨，寶寶。」

袋鼠寶寶要他們看他跳跳，於是他們留下來看。

袋鼠也看著。

「對了，袋鼠。」噗噗看見兔子對他擠眉弄眼兩回，說道：「妳對詩感不感興趣？」

「不怎麼感興趣。」袋鼠答。

「噢！」噗噗說。

「親愛的寶寶，再跳一次我們就回家了。」

接下來沒人說話，袋鼠寶寶又跌進另一個鼠洞。

「接著說啊。」兔子舉起腳掌掩住嘴巴，悄悄大聲說。

「說到詩……」噗噗說。「我剛才來的路上做了一首小詩，內容是這樣的……呣，我想想……」

「真棒！」袋鼠說。「寶寶，親愛的……」

「妳會喜歡這首詩。」兔子說。

「妳會愛上它。」小豬說。
「妳一定得仔細聽。」兔子說。
「一句也別漏掉。」小豬說。
「好。」袋鼠依然盯著袋鼠寶寶。
「噗噗，你的詩呢？」
噗噗乾咳一聲，開始念：

沒腦熊寫的詩

星期一，太陽火辣辣，
我滿腦子疙瘩：

「這到底是真的，還是假。」
「不懂啥是哪個，哪個又是啥？」

星期二，又是冰雹又是雪，
我的感覺越來越強烈，
因為幾乎沒有人了解，
那些是這些或這些是那些。

星期三，天空藍又美，
我什麼事都沒，
只想弄懂是或非，

到底誰是什麼，什麼是誰。

星期四，天氣冷颼颼，
白霜掛在樹梢頭。
誰都能看透
那些是誰的，但這些又是誰擁有？

星期五……

「是不錯，對吧？」袋鼠說，沒興趣聽星期五的內容。「乖寶寶，再跳一下就好，我們真的該回家了。」

兔子輕輕推了噗噗一下，要他加把勁。

「說到詩，」噗噗連忙說。「妳有沒有看見那邊那棵樹？」

「哪裡？」袋鼠問。「寶寶，好了……」

「就在那邊。」噗噗指向袋鼠背後。

「沒看見。」袋鼠說。

「寶寶，乖，跳進來，我們回家了。」

「妳真該看看那邊那棵樹。」說著，兔子抱起袋鼠寶寶。「寶寶，我抱你進袋好嗎？」

「我看見樹上有隻鳥兒，」噗噗說。「或者那是魚？」

「妳真該看看那隻鳥。」兔子說。「除非那是魚。」

「那不是魚，是鳥。」小豬說。

「那就是鳥。」兔子說。

「是歐椋鳥或畫眉？」噗噗問。

「問題就在這裡。」兔子說。

「那是畫眉或歐椋鳥？」

袋鼠終於轉頭去看。她頭一轉過去，兔子立刻大聲說：「寶寶，進去吧！」小豬跟著跳進袋鼠口袋，兔子抱著袋鼠寶寶，用最快的速度一溜煙跑掉。

「咦，兔子呢？」袋鼠回過頭來問道。「乖寶寶，你還好嗎？」

小豬在袋鼠的袋子裡模仿袋鼠寶寶的尖細聲音。

「兔子先走了。」噗噗說。「他好像臨時想到某件該辦的事。」

「小豬呢？」

「小豬也想到該做的事。突然想到的。」

「嗯，我們該回家了。」袋鼠說。「噗噗，再見。」她跳了三下，就不見了。

噗噗望著她的背影。

「但願我也可以那樣跳。」他心想。「某些會，某些不會。事情就是這樣。」

只是，有時候小豬寧可袋鼠沒那麼會跳。以前他在森林裡要走很遠的路回家時，總是希望自己是隻鳥兒，現在他在袋鼠的袋子深處顛顛簸簸地想著：

如果　就是　感覺，　不會

飛起來　這種　我絕　喜歡。

當他彈到空中，他叫道：「嗚……！」跌下來時他喊：「噢！」就這麼一路「嗚……噢！嗚……噢！嗚……噢！」回到袋鼠家。

當然，袋鼠一解開袋子，就明白出了什麼事。她以為自己有點驚慌，後來又覺得自己一點也不害怕，因她相信克里斯多佛·羅賓不會讓袋鼠寶寶受到任何傷害。她心想：「既然他們要跟我開玩笑，那麼我也來逗他們一下。」

「來吧，乖寶寶，」說著，她把小豬從袋裡抱出來。「該上床了。」

「啊哈！」小豬說。經過剛才的驚悚旅程，他盡力了，可惜這個「啊哈！」效果不太好，袋鼠好像不明白它的意思。

「先洗澡。」袋鼠開心地說。

「啊哈！」小豬又說了一次，邊說邊轉頭找其他人，可是其他人都不在。兔子在自己家裡跟袋鼠寶寶玩，越來越喜歡他。噗噗決定要變成袋鼠，還留在森林邊上那片沙地，勤奮地練習跳躍。

「我來想想，」袋鼠好像在考慮著什麼。「今天晚上是不是洗個冷水澡比較好。乖寶寶，你想洗冷水澡嗎？」

小豬對洗澡這件事從來就不感興趣，氣呼呼地打了好大一個哆嗦，鼓起最大的勇氣說：

「袋鼠，看來我只好跟妳把話說清楚了。」

「寶寶今天可真奇怪。」袋鼠邊說邊準備洗澡水。

「我不是寶寶。」小豬大聲說。「我是小豬！」

「好好好，寶寶乖。」袋鼠用哄小孩的口氣說。「會模仿小豬的聲音呢！這孩子真聰明！」說著，她從櫃子裡拿出一大塊黃色肥皂。「接下來他又會耍什麼花樣呢？」

「妳看不見嗎？」小豬吼著說。「妳沒眼睛嗎？看看我呀！」

「乖寶寶，我在看啊。」袋鼠表情嚴肅。「昨天不是才告訴過你別扮鬼臉。如果你一直學小豬的表情，長大後就會長得跟小豬一樣，那時後悔就來不及了。好啦，進澡盆來，以後別這樣了。」

小豬還沒弄清楚怎麼回事，就已經進了澡盆，袋鼠拿著一大塊滿是泡泡的絨布使勁幫他刷。

「哎唷！」小豬叫道。「讓我出去！我是小豬！」

「親愛的，別張嘴，不然會吃到肥皂泡。」袋鼠說。「看吧！我不是提醒你了嗎？」

「妳……妳……妳故意的。」小豬吐出嘴裡的泡沫，氣急敗壞地埋怨……一不小心又吃了一大口絨布。

「這就對了，親愛的，別再說話了。」袋鼠說。一分鐘後小豬被抱出澡盆，袋鼠拿著毛巾幫他擦乾。

「來，」袋鼠說。「這是你的藥，吃完就睡了。」

「什……什麼藥？」小豬結結巴巴地問。

「乖孩子，可以讓你長得又高又壯的藥。你不想長大以後像小豬那樣又瘦又弱吧？來，張嘴！」

這時有人敲門。

「請進。」袋鼠說。克里斯多佛．羅賓走進來。

「克里斯多佛・羅賓！克里斯多佛・羅賓！」小豬大呼小叫地。「快跟袋鼠說我是誰！她一直說我是袋鼠寶寶。我不是袋鼠寶寶吧？」

克里斯多佛・羅賓非常仔細地看著小豬，搖搖頭。

「你不可能是袋鼠寶寶。」他說。「因為我剛才看見袋鼠寶寶在兔子家玩。」

「天哪！」袋鼠說。「真想不到！想不到我竟然出這樣的錯。」

「看吧！」小豬說。「我都跟妳說了，我是小豬。」

克里斯多佛・羅賓又搖搖頭。

「不，你不是小豬。」他說。「我認識小豬很久了，他的皮膚不是這個顏色。」

小豬原本想解釋那是因為他剛才洗了個澡，又改變主意。等他張嘴想說點別的，袋鼠趁機把一匙藥送進他嘴裡，再拍拍他的背，說只要吃習慣，這藥味道其實還不錯。

「我知道他不是小豬，」袋鼠說。「只是不知道他到底是誰。」

「可能是噗噗的親戚。」克里斯多佛．羅賓說。「會不會是他姪子或叔叔之類的？」

袋鼠覺得有此可能，又說無論如何他總得有個名字。

「我就喊他噗托。」克里斯多佛．羅賓說。「簡稱亨利．噗托。」

他們正說著，亨利．噗托掙脫袋鼠的手臂跳下地，他很慶幸克里斯多佛．羅賓進來的時候沒關門。小豬亨利．噗托這輩子從沒跑這麼快，頭也不回地跑向自己家。他跑到離家大約一百公尺的地方就停下來，一路滾回家，找回他習慣了的膚色。

袋鼠和袋鼠寶寶就這麼在森林裡住了下來。每星期二袋鼠寶寶都到他的好朋友兔子家玩，袋鼠就去找她的好朋友噗噗。每個星期二小豬也會去找他的好朋友克里斯多佛・羅賓，大家又開開心心地生活在一起。

第八章　克里斯多佛·羅賓和他的「北桿*探鮮」隊

有一天噗噗慢慢走到森林另一邊去找克里斯多佛·羅賓，想知道他對熊好不好奇。那天吃早餐（只是一兩片塗了薄薄一層果醬的蜂巢）時他突然想出一首歌，歌詞第一句是：

「嗬！歡唱熊的一生。」

* 譯注：North Pole，意思是北極，但pole這個字也可以代表「桿子」，所以克里斯多佛·羅賓以為那是一根桿子。

他想出這句以後，搔搔腦袋，又問自己：這首歌開頭這句真不錯，可是第二句呢？他嘗試唱了「嗬」兩三次，卻還是找不到靈感。「如果我改成『嗨，歌誦熊的一生，』會不會比較好。」於是他唱給自己聽……覺得不怎樣。「那好吧。」他心想。「我來把第一句唱個兩次，如果我唱快一點，也許我還來不及想，第三句和第四句就蹦出來了，變成一首很棒的歌。來試試：」

嗬！歡唱熊的一生。
嗬！歡唱熊的一生。
我不在乎雪花和雨滴，
因為我嶄新漂亮的鼻子上有很多蜜！

我不在乎雪花融化或堆積，
因為我乾淨漂亮的腳掌上有很多蜜！
嗬！為熊兒高歌。
嗬！為噗噗高歌。
一兩小時內我就會吃點東西！

他太滿意這首歌，一路走一路唱，來到森林另一邊。「如果我再多唱一會兒，」他心想。「就會唱到吃東西的時間，那麼最後一句就不對了。」於是他不唱歌詞，改用哼的。

克里斯多佛．羅賓坐在家門口，正在穿大靴子。噗噗看見那雙大靴子，知道有好玩的了，趕緊用腳掌背面抹掉鼻子上的蜜，盡量讓自己顯得乾淨整齊，隨時可以出發。

「早安，克里斯多佛．羅賓。」他喊道。

「哈囉，噗噗熊，我穿不上靴子。」

「真糟糕。」噗噗說。

「你可不可以靠著我後背，因為我太用力拉靴子，一直往後倒。」

噗噗坐下來，把腳跟牢牢戳進泥土裡，用力抵住克里斯多佛．羅賓的背。克里斯多佛．羅賓靠著噗噗的背，賣力地拉呀拉，終於穿好靴子。

「好啦。」噗噗說。「接下來做什麼？」

「我們要去探險。」克里斯多佛．羅賓邊說邊站起來，拍拍身上的灰塵。「噗噗，謝謝你。」

「去『探鮮』？」噗噗興匆匆地說。「我好像沒做過這種事。我們要去哪裡『探鮮』？」

「是『探險』，大笨熊。偵探的『探』。」

「哦！」噗噗說。「我知道啊。」其實他不知道。

「我們要去找『北桿』。」

「哦！」噗噗問，「『北桿』又是什麼？」

「只是個讓人去找的東西。」克里斯多佛．羅賓滿不在乎地說，其實他也不太清楚。

「哦！這樣啊，」噗噗說。「熊可以幫忙做點什麼事嗎？」

「當然可以。兔子、袋鼠和大家都可以。這是探險，探險的意思就是這樣，所有人排成長長的隊伍。我去拿我的槍，你去叫大家做好準備，每個人都要帶補給品。」

「帶什麼？」

「吃的東西。」

「哦！」噗噗開心地說。「我也好像聽見你說『補給品』。我去告訴大家。」說完他就走了。

他最先遇見的是兔子。

「哈囉，兔子！」他說。「是你嗎？」

「我們先假裝不是。」兔子說。「看看情況如何。」

「我有個消息要告訴你。」

「我會轉告他。」

「我們大家要跟克里斯多佛．羅賓一起去『探鮮』！」

「我們怎麼去？」

「我猜搭某種船吧。」噗噗答。

「哦，明白了。」

「嗯。我們還要去找根桿子或什麼的。或者他說的是『釭子』？總之我們要找到那東西。」

「是嗎？」

「對。我們還得帶『補什麼品』去吃，免得找不到東西吃。現在我要去小豬家，你去通知袋鼠好嗎？」

他跟兔子說了再見，匆匆趕到小豬家。小豬坐在家門口的地上，開心地吹著一朵蒲公英，猜測那件事是今年、明年或永遠不會。他剛發現結果是「永遠不會」，正在想**那件事**是什麼事，也希望那不是件美好的事。這時噗噗走過來。

「嘿，小豬！」噗噗興高采烈地說。「我們要去探鮮，大家一起去，帶東西吃，去找某個東西。」

「找什麼？」小豬有點焦慮。

「喔，就某個東西？」

「不凶吧？」

「克里斯多佛．羅賓沒說那東西凶不凶，只說是『偵探的探』。」

「我不在乎它是真探假探。」小豬認真地說。「別咬我就行了。不過既然克里斯多佛．羅賓也去，那我什麼都不在意。」

不一會兒他們都聚集在森林邊緣，探鮮隊出發囉。克里斯多佛．羅賓和兔子走在最前面，接著是噗噗和小豬，然後袋鼠（袋鼠寶寶在她口袋裡）和貓頭鷹，再來是屹耳，最後還有一長串，都是兔子的親戚朋友。

「我沒邀他們。」兔子無所謂地說。「他們自己跟來的，向來如此。就讓他們走在隊伍最後頭好了，跟在屹耳後面。」

「我只是覺得，」屹耳說。「這樣很煩人。我不想參加噗噗說的這個『探什麼的』，只是不好意思拒絕。現在我來了，走在我們正在聊的這個『探什麼的』隊伍最後頭，那真的就讓我當最後一個。可是，如果每次我想坐下來休息一下，就得先撥開五六個兔子的小親友，那麼這根本不是『探什麼的』，只是亂哄哄的聲音。這是我的感覺。」

「我明白屹耳的意思。」貓頭鷹說。「如果你問我……」

「我沒問任何人。」屹耳說。「我只是在告訴大家。不管我們是去找『北桿』，或者一起唱唱跳跳『撿果子採花朵』，對我都沒有差別。」

隊伍前頭傳來一聲呼喊。

「走吧！」克里斯多佛．羅賓喊道。

「走吧！」噗噗和小豬跟著喊。

「走吧！」貓頭鷹也喊。

「要出發了，」兔子說。「我得走了。」他快步跑到探鮮隊最前方，跟克里斯多佛．羅賓在一起。

「好吧。」屹耳說。「我們出發了。到時候別怪我就好了。」

於是他們一起出去找桿子。他們一面走，一面談天說地，只有噗噗沒說話，他在做一首歌。

「這是第一段。」他做好以後對小豬說。

「什麼的第一段？」

「我的歌。」

「什麼歌？」

「這首歌。」

「哪一首？」

「小豬，如果你專心聽，馬上就能聽到。」

「你怎麼知道我沒專心聽？」

噗噗答不上來，乾脆開始唱。

他們大家一起去找北桿，
貓頭鷹、小豬、兔子和同伴；
那是讓人去找的東西，如此這般，
貓頭鷹、小豬、兔子和同伴。

屹耳、克里斯多佛．羅賓和噗噗，
還有兔子的大小朋友和親屬；
桿子在哪裡，沒有人清楚，
嘿！為貓頭鷹和兔子和大家歡呼！

「安靜！」克里斯多佛．羅賓轉頭對噗噗說。「我們來到非常危險的地方。」

「安靜！」噗噗連忙轉頭告訴小豬。

「安靜！」小豬告訴袋鼠。

「安靜！」袋鼠告訴貓頭鷹。袋鼠寶寶也悄聲跟自己說了好幾次「安靜」！

「安靜！」貓頭鷹告訴屹耳。

「安靜！」屹耳緊張地轉告兔子的全體親友，他們也一個傳一個地說「安靜！」直到隊伍最末端。排在最後那個最小的兔子親友發現整個探鮮隊都叫他：「安靜！」心情糟透了，乾脆一頭鑽進地面的裂縫，在裡面待了整整兩天，直到危機解除，才急急忙忙趕回家，從此安安靜靜跟他姑媽一起生活，他的名字叫亞歷山大瓢蟲。

他們來到一條彎彎曲曲的小溪，兩側巨石林立，溪水急速往下沖。克里斯多佛．羅賓一眼就看出這地方有多危險。

「這種地方，」克里斯多佛．羅賓說。「最容易有埋伏。」

「埋什麼？」噗噗低聲問小豬。「金雀花嗎？」

「親愛的噗噗，」貓頭鷹一本正經地說。「你不知道『埋伏』是什麼意思嗎？」

「貓頭鷹，」小豬轉過頭來嚴厲地告訴貓頭鷹。「你不知道噗噗的悄悄話只說給我一個人聽嗎？你不需要……」

「埋伏……」貓頭鷹說。「是讓人預料不到的事。」

「金雀花有時候也是啊。」噗噗說。

「我剛才也正要跟噗噗解釋，」小豬說。「埋伏是讓人預料不到的事。」

「是有人突然跳出來撲向你。那就是埋伏。」貓頭鷹說。

「噗噗，如果有人突然跳出來撲向你，那就是埋伏。」小豬解釋道。

噗噗終於明白埋伏的意思，他說有一天他從樹上跳下來，一株金雀花突然撲到他身上，他花了六天時間才把身上的尖刺清乾淨。

「我們不是在聊金雀花。」貓頭鷹有點不高興。

「我是啊。」噗噗說。

他們爬過一顆又一顆大石頭，小心翼翼往上游前進，最後來到這個兩側溪岸往外擴展的地方，岸邊正好長了一片青草地，方便他們坐下來休息。克里斯多佛・羅賓看到這個地方，立刻喊：「停！」大家一起坐下來休息。

「我覺得我們現在應該把帶來的補給品都吃掉。」克里斯多佛・羅賓說。「省得拿太多東西。」

「把什麼全吃了？」噗噗問。

「我們帶來的食物？」說著，小豬吃了起來。

「好主意。」噗噗也開始吃。

「大家都帶了吃的嗎？」克里斯多佛‧羅賓邊嚼邊說。

「除了我以外，向來如此。」屹耳以一貫的鬱悶表情看看大家。「你們有沒有哪位碰巧坐在薊草上？」

「應該是我，哎唷！」噗噗說。他站起來看看背後。「沒錯，我就知道。」

「謝謝你，噗噗。你不坐了是嗎？」他走到噗噗原本的位置，低頭吃了起來。

「坐在上面對它們一點好處都沒有。」他邊嚼邊抬起頭說。「把它們壓得有氣無力。大家下次要記住，多體貼別人一點，多替別人著想一點，就有很大的不同。」

克里斯多佛‧羅賓吃完午餐，就悄聲跟兔子說話，兔子說：「好，好，沒問題。」他們一起往上游走了一段路。

「我不想讓其他人聽見。」克里斯多佛・羅賓說。

「確實如此。」兔子覺得很有面子。

「是這樣的……我在想……沒別的事……兔子，你應該不知道北桿長什麼樣子吧？」

「嗯……」兔子捋捋鬍鬚，「這是個好問題。」

「我以前知道，只是有點記不得。」克里斯多佛・羅賓無所謂地說。

「可真巧，」兔子說，「我也有點記不得，不過我以前真的知道。」

「會不會就是一根插在地上的桿子？」

「肯定是桿子錯不了，」兔子說。「所以才叫它北桿。如果它是一根桿子，嗯，那它應該就插在地上，對吧？不然還能插在哪裡呢？」

「對，我也這麼覺得。」

「問題是，」兔子說。「它到底插在什麼地方？」

「那就是我們要找的地方。」克里斯多佛・羅賓說。

他們回到其他人身邊。小豬仰躺在地上，睡得又香又甜。袋鼠寶寶在溪邊洗臉洗腳，袋鼠得意地告訴大家，這是袋鼠寶寶第一次自己洗臉。貓頭鷹跟袋鼠說一段趣事，用了很多困難的字，比如「百科全書」和「杜鵑花」，袋鼠根本沒在聽。

「我一點都不贊成刷刷洗洗什麼的，」屹耳發起牢騷。「這些『清潔衛生』的現代噱頭。噗噗，你認為呢？」

「嗯，」噗噗說。「我認為……」

可惜我們沒機會聽噗噗的想法，因為突然傳來袋鼠寶寶的尖叫聲、

「啪啦」水聲，以及袋鼠的驚叫。

「洗出問題來了吧。」屹耳說。

「袋鼠寶寶掉進水裡了！」兔子大喊，他跟克里斯多佛・羅賓連忙跑過去搭救。

「看我在游泳！」袋鼠寶寶在水裡尖叫，不一會就被急流沖到下一潭水裡。

「乖寶寶，你沒事吧？」袋鼠焦急地喊。

「沒事！」袋鼠寶寶說。「看我游……」他又隨著瀑布流到下一個水潭。

每個人都在想辦法。小豬猛然驚醒，蹦蹦跳地大喊，「哎呀，我說……」貓頭鷹在發表高論，說萬一不慎落水，最要緊的是讓腦袋浮在水面上；袋鼠沿著溪岸邊跳邊喊：「親愛的寶寶，你真的沒事嗎？」對於媽媽的呼喚，袋鼠寶寶不管在哪個水潭裡，一概回答：「看我游泳！」屹耳轉身過來，把尾巴懸在袋鼠寶寶摔下去的第一個水潭上方，背對大家嘮嘮叨叨地自言自語：「洗出事了吧。」又說：「小寶寶，抓住我的尾巴，你就安全了。」克里斯多佛・羅賓和兔子匆匆跑過屹耳身邊，大聲呼叫前面的人。

「沒事，寶寶，我來了。」克里斯多佛・羅賓說。

「你們大家，找個什麼東西橫跨在底下的溪流。」兔子喊道。

噗噗找到東西了。他拿著一根長桿，站在袋鼠寶寶往下兩個水潭旁，袋鼠趕上來抓住另一頭，兩人合力把桿子橫過水潭低處。袋鼠寶寶還在水裡自豪地喊：「看我游泳！」這時漂到桿子前，沿著桿子爬到岸邊。

「看見我游泳了嗎？」袋鼠寶寶興奮地尖叫，袋鼠一面責備他，一面幫他擦身體。「噗噗，你看見我游泳了嗎？我剛才做的事就叫游泳。兔子，你看見我剛才在做什麼嗎？游泳！嗨，小豬！小豬！你猜我剛才在做什麼！就是游泳！克里斯多佛．羅賓，你剛才有沒有看見我……」

克里斯多佛．羅賓沒在聽，他看著噗噗。

「噗噗，」他說。「你在哪找到那根桿子的？」

噗噗低頭看看手裡的桿子。

「我碰巧看見，」他說。「覺得可能用得著，就撿起來了。」

「噗噗，」克里斯多佛．羅賓一臉嚴肅。「探險結束了。你找到北桿了！」

「噢！」噗噗說。

他們回到屹耳身邊時，他的尾巴還泡在水裡。

「你們叫寶寶動作快。」他說。「我尾巴很冷。我本來不打算說的，但還是說了。我不是在抱怨，可是就是這樣，我尾巴好冷。」

「我在這裡！」袋鼠寶寶尖聲叫道。

「喔，你在那裡！」

「你看見我游泳了嗎？」

屹耳把尾巴從水裡拉上來，左右甩動。

「如我所料。」他說。「沒感覺了，麻木了。泡冷水就會這樣，尾巴會麻木。只要沒有人在乎，應該沒什麼大不了。」

「可憐的屹耳！我來幫你擦乾。」說著，克里斯多佛・羅賓掏出手帕擦屹耳的尾巴。

「克里斯多佛・羅賓，謝謝你。看來只有你了解尾巴的感受。其他人根本不思考，有些人的問題就在這裡，他們沒有想像力。在他們心目中，尾巴不是尾巴，只是後面多出來的一丁點東西。」

「別介意了，屹耳。」克里斯多佛・羅賓用力摩擦屹耳的尾巴。「這樣有沒有好一點？」

「比較像尾巴了，又有尾巴的感覺了，如果你明白我的意思的話。」

「嗨，屹耳。」噗噗拿著桿子走過來。

「嗨，噗噗。謝謝你的關心，應該再過一兩天就能用了。」

「用什麼？」噗噗問。

「我們剛才在聊的東西。」

「我剛才沒有聊任何東西。」噗噗一臉困惑。

「我誤會了。我以為你剛才說你很遺憾我的尾巴沒感覺了，問我需不需要幫忙？」

「不。」噗噗說。「我沒那麼說。」他想了一下，又幫著出主意，「也許是別人說的。」

「如果你看到那人，幫我說聲謝謝。」

噗噗心急地看著克里斯多佛．羅賓。

「噗噗找到北桿了。」克里斯多佛．羅賓說。「是不是棒極了？」

噗噗謙虛地低下頭。

「就是那個嗎？」屹耳問。

「對。」克里斯多佛．羅賓說。

「那就是我們要找的東西？」

「沒錯。」噗噗答。

「喔！」屹耳說。「嗯，總之，沒下雨。」

他們把桿子插在地上，克里斯多佛．羅賓在桿子上掛了塊牌子：

北桿

發現者：噗噗

噗噗找到的

之後大家各自回家。我猜袋鼠寶寶洗了個熱水澡，直接上床睡覺。噗噗回到家，對自己這天做的事非常得意，吃了點東西恢復體力。

第九章　小豬被洪水包圍

大雨下呀下呀下個不停。小豬告訴自己，這輩子從沒見過這麼多雨水（天曉得他年紀有多大，三歲嗎？或者四歲？）一天一天又一天地下。

「如果，」他看著窗外，心想。「剛開始下雨的時候我在噗噗家，或克里斯多佛．羅賓家，或兔子家，那麼這段時間我就有人作伴，而不是孤伶伶待在這裡，沒什麼事做，只能納悶雨到底什麼時候才停。」他想像自己跟噗噗在一起聊天：「噗噗，你見過這麼大的雨嗎？」噗噗答：「小豬，這天氣糟透了，對吧？」小豬說：「不知道克里斯多佛．羅賓那邊情況如何。」噗噗說：「我猜可憐的兔子這會兒就快被大水沖出來了。」如果能這樣聊天一定很開心。坦白說，難得碰上淹水這麼刺激的事，如果沒人可以討論討論，多無趣啊。

情況確實十分刺激。小豬經常在裡面嗅嗅聞聞的小小乾溝變成了小溪；他常涉水橫渡的小溪變成了河流；過去他們開心地在陡峭岸邊玩耍的河流，如今已經漫出自己的河床，占據了四面八方好多空地。小豬開始好奇不久後那河流會不會連他的床也霸占了。

「身為個子非常小的動物，」小豬對自己說。「完全被大水包圍，實在叫人很不安。克里斯多佛．羅賓和噗噗可以爬上樹逃難；寶寶可以跳著逃開；兔子可以鑽地洞跑掉；貓頭鷹可以飛到安全的地方；屹耳可以……可以大聲叫，直到有人去救他；而我在這裡，四周都是水，卻一點辦法都沒有。」

雨繼續下，門外的積水每天都升高一點，現在已經幾乎來到小豬的窗子……他還是什麼都沒做。

「比如噗噗，」他心想。「他沒多少腦子，卻從沒碰到危險。他會做些蠢事，結果都變成好事。還有貓頭鷹，他其實也沒那麼聰明，卻知道很多事。如果他被大水圍困，會知道該怎麼做。再來是兔子，他書讀得不多，卻總是可以想出好點子。還有袋鼠，她不聰明，可是她因為太擔心寶寶，總是想都不想就做出對的事。再來是屹耳，他心情從來沒好過，所以不會在乎這種事。我倒是不清楚克里斯多佛．羅賓會怎麼做。」

他突然想到克里斯多佛．羅賓說過一個故事，有個人困在沙漠荒島上，寫了張字條裝在瓶子裡扔進大海。小豬於是想到，如果他也寫點東西裝在瓶子裡，再扔進水裡，也許會有人來救他！

他離開窗口，走進屋子翻找那些還沒被大水淹掉的東西，最後他找出一枝鉛筆和一小片沒弄溼的紙，還有一個附軟木塞的瓶子。他在紙張上寫道：

救命！

小豕（我）

翻到背面又寫：

我是小豕，救命，救命！

他把紙條放進瓶子裡，使盡所有力氣把軟木塞塞緊，再把上半身盡量探出窗外，用力把瓶子丟到最遠的地方，啪啦！不一會兒瓶子浮出水面，小豬看著它越漂越遠，看得眼睛都疼了。有時候他覺得看到了瓶子，有時候又覺得那只是水波。突然間，他知道自己再也看不到那只瓶子了，他已經盡最大努力救自己。

「好了。」他心想。「這下子換別人來想辦法，我希望他們動作快一點，因為如果他們不快點，我就得游泳。而我不會游泳，所以希望他們動作快。」他嘆了很大一口氣，說：「真希望噗噗在這裡，兩個人在一起比較不孤單。」

雨開始下的時候，噗噗在睡覺。雨一直下，一直下，一直下；他一直睡，一直睡，一直睡。那天他累癱了。你還記得他找到了北桿，他很引以為榮，於是問克里斯多佛・羅賓還有沒有沒腦子的熊找得到的桿子。

「還有南桿，」克里斯多佛・羅賓說。「我猜可能還有東桿和西桿，只是很少人提到。」

噗噗聽了以後非常興奮，提議大家再一起去探鮮找東桿，可是克里斯多佛・羅賓要去找袋鼠做別的事，噗噗只好自己出發去找東桿。我不記得他究竟有沒有找到，他回家的時候累壞了，晚餐吃了大約半個多小時，還沒吃完就坐在椅子上睡著了，就這麼睡呀睡呀睡的。

他突然做了夢。他在東桿，這個地方非常冷，到處都是最寒冷的雪和冰。他找到一個蜂巢，就鑽進去睡覺，可是他的腳塞不下，只好伸在外面。定居在東桿的野生大臭鼠跑來咬他腳上的毛，去給牠們的孩子做睡鋪。牠們咬走越多，噗噗的腳就越冷，最後他大叫一聲「哎唷！」就醒來了。他還坐在椅子上，腳卻泡在水裡，屋子裡到處都是水！

他啪啦啦走到門口，往外一看……

「這可不是鬧著玩的。」他說。「我必須逃走。」

他拿了最大瓶的蜂蜜，逃到最粗的樹枝上，離水面很遠。之後他又下來帶另一瓶逃走……等逃難行動完成，他坐在樹枝上，腳懸在空中，身邊擺著十罐蜂蜜……

兩天後，噗噗坐在樹枝上，腳懸在空中，身邊有四罐蜂蜜……

三天後，噗噗坐在樹枝上，腳懸在空中，身邊有一罐蜂蜜……

四天後，噗噗坐在……

就在第四天早上，小豬的瓶子流過他身旁，他大喊一聲「蜂蜜！」就跳進水裡抓住瓶子，千辛萬苦回到樹上。

「傷腦筋！」他打開瓶子後說。「弄得一身溼，結果白費力氣。這張字條是做什麼的？」

他把紙條拿出來看。

「是一封短信。」他自言自語。「就是這樣。那個字母是『P』，那個也是，那個也是。『P』代表『噗噗』，所以這是給我的重要信件，我卻看不懂。我得去找克里斯多佛・羅賓或貓頭鷹或小豬，找個認識字的聰明人，他們會告訴我信裡寫了什麼。可惜我不會游泳。傷腦筋！」

這時他想到一個點子，以一隻沒有多少腦子的熊來說，我認為那是個好點子。他告訴自己：

「如果瓶子可以浮起來，那麼罐子也能浮起來。如果罐子能浮起來，只要它夠大，我就能坐在上面。」

於是他拿了他最大的罐子，把罐口塞起來。

「船都得有個名字，」他說。「所以我的船要叫做『漂浮熊號』。」

說完他就把船放進水裡，跳了上去。

接下來那段時間，噗噗和「漂浮熊號」不太確定哪個該在上面。他們試過一兩種姿勢後，決定「漂浮熊號」在底下，噗噗得意地跨坐在上面，四隻腳賣力往前划。

克里斯多佛．羅賓住在森林最高的地方。雨一直下，一直下，一直下，大水卻淹不到他的家。他看著底下的山谷到處都是水，覺得挺有趣。可惜雨實在太大，多半時間他都待在屋裡，想想這個或那個。每天早上他會打著傘出門，在淹水區邊緣插根棍子。隔天早上他出去時，總是看不見棍子，只好再插上一根，再走回家。他每天早上走的路都比前一天短。到了第五天早上，他看見屋子四周都是水，知道自己有史以來第一次站在真正的島上，覺得很興奮。

就在這天早上，貓頭鷹飛過來跟他的朋友克里斯多佛·羅賓說聲：「你好嗎？」

「貓頭鷹，」克里斯多佛·羅賓說。「我在小島上，是不是很有趣？」

「近來大氣條件不太有利。」

「『大』什麼？」

「一直在下雨。」貓頭鷹解釋。

「嗯。」克里斯多佛·羅賓說。「沒錯。」

「洪水水位達到前所未有的高度。」

「哪一位？」

「到處都淹水。」貓頭鷹解釋。

「嗯。」克里斯多佛．羅賓說。「的確。」

「然而，前景越來越樂觀，任何時刻……」

「你看見噗噗了嗎？」

「沒有。任何時刻……」

「但願他平安無事。」克里斯多佛．羅賓說。「我一直在擔心他，小豬可能跟他在一起。貓頭鷹，你覺得他們還好嗎？」

「應該還好。我說，任何時刻……」

「貓頭鷹，你去看看。噗噗腦子不太好，可能會做出傻事，而我非常愛他。貓頭鷹，你明白嗎？」

「好吧。」貓頭鷹說。「我去，馬上回來。」他飛走了。

很快他就回來了。

「噗噗不在家。」他說。

「不在家？」

「他原本在，跟九罐蜂蜜一起坐在屋子外的樹枝上。現在不見了。」

「天哪，噗噗！」克里斯多佛·羅賓喊道。「你到底在哪裡？」

「我在這裡。」他背後傳來吼叫聲。

「噗噗！」

他們奔進對方懷抱。

「噗噗，你怎麼來的？」克里斯多佛·羅賓心情平靜以後說。

「搭我的船。」噗噗得意地說。「有人用瓶子寄給我很重要的信，可是我眼睛進了一點水，沒辦法讀，只好帶來給你。搭我的船。」

他神氣地說完這些話，把紙條交給克里斯多佛．羅賓。

「這是小豬寫的！」克里斯多佛．羅賓讀完後叫道。

「裡面一點都沒提到噗噗嗎？」噗噗站在克里斯多佛．羅賓背後看著紙條。

克里斯多佛．羅賓大聲念出紙條內容。

「喔，那麼裡面的『P』指的是小豬？我以為是『噗噗』。」

「我們必須馬上去救他！噗噗，我以為他跟你在一起。貓頭鷹，你能不能讓他坐在你背上載他過來？」

「我看不行。」貓頭鷹嚴肅地想了一下。「我估計用到的背肌……」

「那你能不能立刻飛過去，告訴他我們馬上去救他？我跟噗噗會想個辦法，盡快趕過去。貓頭鷹，別說話了，快去！」貓頭鷹飛走了，一面飛還一面想著可以說點什麼。

「噗噗，」克里斯多佛．羅賓問。「你的船呢？」

他們一起走向島嶼邊緣，噗噗解釋說：「我不得不說，那不是普通的船。有時候它是一條船，有時候卻比較像意外事故，看狀況。」

「看什麼狀況？」

「看我在船上或船底下。」

「喔！它在哪裡？」

「那裡！」噗噗得意地指著「漂浮熊號」。

那跟克里斯多佛．羅賓想像的船不一樣，可是他越仔細看那條船，越覺得噗噗是多麼勇敢又聰明的熊。克里斯多佛．羅賓越是這麼想，噗噗就越不好意思地低頭看自己的鼻子，還得假裝自己沒有害羞。

「可是這條船太小，我們兩個坐不下。」克里斯多佛・羅賓哀傷地說。

「加小豬是三個。」

「那就更小了。噗噗熊，我們該怎麼辦？」

就在這時，這隻熊，噗噗熊、噗噗維尼、小豬的朋友、兔子的同伴、北桿探鮮家、幫屹耳找回尾巴的人，也就是噗噗本人，說了一句非常聰明的話，克里斯多佛・羅賓聽得目瞪口呆，不敢相信這就是那個他認識很久、愛了很久的沒腦熊。

「我們可以搭你的雨傘去。」噗噗說。

「？」

「我們可以搭你的雨傘去。」噗噗說。

「？？」

「我們可以搭你的雨傘去。」噗噗說。

「！！！！！！」

克里斯多佛．羅賓忽然發現這個辦法行得通。他撐開傘，傘尖朝下放進水裡。傘浮起來了，只是有點搖晃。噗噗先進去。他才要說沒有問題，就發現有點問題。他喝了幾口不太想喝的水之後，涉水走回克里斯多佛．羅賓身邊。這回他們兩個一起坐進去，船就不搖晃了。

「我要幫這條船取名叫做『噗噗頭腦號』。」克里斯多佛．羅賓說。

「噗噗頭腦號」就這麼出發了，優雅地往西南方旋轉而去。

你不難想像小豬看見那條船時有多麼開心。往後的歲月裡，小豬總喜歡回想淹大水那段時間他曾經碰到生命危險。可是他最危險的時刻其實只有受困的最後半小時，那時貓頭鷹飛過來，棲在小豬家樹上安慰他，跟他說了個非常長的故事，是有關他某個阿姨一時疏忽，下了一顆海鷗蛋。故事沒完沒了，有點像這段話。小豬上身探出窗外，心灰意冷地聽著，最後自然而然地悄悄睡著了，身子也慢慢滑出窗外，幾乎掉進水裡，只靠腳趾勾住窗框，幸好這時候貓頭鷹嘎嘎大叫，那其實是故事的一部分，是貓頭鷹的阿姨說的話。小豬被吵醒了，連忙把自己拉回屋子，說：「真有趣，是吧？」那時，他終於看見「噗噗頭腦號」（**船長**：克里斯多佛・羅賓。**大副**：噗噗）從大海的另一邊過來救他，你可以想像他有多高興……

這段故事真的結束了，我寫完剛才那些也累了，就不再多說了。

第十章　克里斯多佛・羅賓幫噗噗開派對，我們說了再見

某天太陽終於回到森林上方，帶來五月的香氣。森林裡的小溪很高興終於找回自己美麗的身影，開心得滴鈴鈴響。小水塘舒暢地躺在地上，幻想著它們見過的世面、做過的大事。在靜謐又溫暖的森林裡，布穀鳥小心翼翼練習發聲，聽聽看自己喜不喜歡。野鴿子慵懶舒適地輕聲發牢騷，說都是別人的錯，事情其實沒什麼大不了。在這樣的日子裡，克里斯多佛・羅賓吹出他特別的口哨聲，貓頭鷹就從百畝森林飛過來，看他找他什麼事。

「貓頭鷹，」克里斯多佛．羅賓說。「我要辦個派對。」

「辦派對，是嗎？」貓頭鷹說。

「這是特別的派對，是為了淹水的時候噗噗救了小豬。」

「為了這個，是嗎？」貓頭鷹說。

「嗯，所以你能不能用最快的速度去告訴噗噗和所有人？因為時間就在明天。」

「喔，明天，是嗎？」貓頭鷹還是非常熱心。

「你能不能去通知大家？」

貓頭鷹努力想說點什麼有智慧的話，卻想不出來，只好飛去通知大家。他第一個通知的是噗噗。

「噗噗，」他說。「克里斯多佛．羅賓要辦派對。」

「哦！」噗噗說。他發現貓頭鷹還在等他說點別的，就說：「會不會有那種鋪著粉紅糖霜的小蛋糕？」

貓頭鷹覺得以他的身分，實在不適合聊粉紅糖霜的小蛋糕這種無聊事，就把克里斯多佛・羅賓的話一字不漏說了一遍，然後飛去找屹耳。

「為我辦的派對？」噗噗心想。「太美妙了！」他開始好奇其他小動物會不會知道這是噗噗的特別派對，克里斯多佛・羅賓又會不會告訴大家「漂浮熊號」和「噗噗頭腦號」和所有他發明、航行過的船；他又想，萬一大家已經忘記那些事，沒有人知道派對的真正目的，那有多糟糕。他想得越多，派對的事就越混亂，像一場什麼都不對勁的夢。那場夢開始在他腦子裡哼哼唱唱，最後變成一首歌。那是一首：

噗噗的焦慮歌

給噗噗三聲歡呼，
（給誰？）
給噗噗……
（他做了什麼？）
我以為你清楚；
他救了受困的小豬！
給熊三聲歡呼，
（給哪裡？）
給維尼……
他不會游泳，

卻救了朋友！

（他救了誰？）

噢，拜託你專心聽！

我說的是噗噗，

（是誰？）

是噗噗！

（抱歉我老是記不住。）

噗噗有個非常棒的頭腦，

（再說一次！）

非常棒的頭腦……

（非常棒的什麼？）

他胃口很大，
我不知道他會不會游泳，
但他乘著某一種船，
（某一種什麼？）
某一種甕……
總算浮在水中，
我們給他三聲熱情歡呼，
（我們給他三聲熱情的什麼？）
希望他跟我們在一起很久很久，
健康、智慧、財富都擁有！
給噗噗三聲歡呼

（給誰？）

給噗噗……

給熊三聲歡呼！

（給哪裡？）

給維尼……

給最出色的噗噗維尼三聲歡呼！

（哪個人跟我說說……他到底做了什麼事？）

噗噗的腦子忙著唱歌的時候，貓頭鷹正在跟屹耳說話。

「屹耳，」貓頭鷹說。「克里斯多佛．羅賓要辦派對。」

「有意思。」屹耳說。「他們應該會把被人踩爛的、剩下的東西送來給我。真好心又體貼。沒關係，不客氣。」

「你也受邀了。」

「那是什麼意思？」

「你也有邀請卡！」

「我聽見了。是誰不要的？」

「那不是吃的，是要你去參加派對。明天。」

屹耳慢慢搖頭。

「你說的是小豬，耳朵老是豎直的那個小傢伙。那就是小豬，我會轉告他。」

「不，不是。」貓頭鷹有點不耐煩。「是你！」

「你確定？」

「當然確定。克里斯多佛．羅賓說『所有動物！通知所有動物。』」

「所有動物，除了屹耳？」

「所有動物。」貓頭鷹有點不高興。

「啊！」屹耳說。「肯定是弄錯，但我還是會去。萬一下雨可別怪我。」

隔天沒下雨。克里斯多佛．羅賓用長長的木頭做出一張長桌，大家都圍坐在桌子旁。克里斯多佛．羅賓坐在長桌一頭，噗噗坐另一頭，他們之間一邊坐著貓頭鷹、屹耳和小豬；他們之間另一邊坐著兔子、袋鼠寶寶和袋鼠。兔子的全體親戚朋友散坐在草地上，滿懷期待地等人跟他們說話，或掉下東西，或問他們時間。

袋鼠寶寶第一次參加派對，心情特別興奮。大家全部坐下來，他就開始說話。

「哈囉，噗噗！」他尖聲叫著。

「哈囉，寶寶！」噗噗說。

袋鼠寶寶在椅子上蹦蹦跳跳一陣子，又說話了。

「哈囉，小豬！」他尖聲叫道。

小豬舉起腳掌對他揮了揮，因為他嘴巴正忙著。

「哈囉，屹耳！」袋鼠寶寶說。

屹耳悶悶不樂地對他點點頭。「就快下雨了，我說的準沒錯。」

袋鼠寶寶抬頭看看有沒有下雨，沒有。他又說：「哈囉，貓頭鷹！」

貓頭鷹和藹地答：「哈囉，小朋友！」轉頭繼續跟克里斯多佛・羅賓說他某個朋友差點發生的意外，克里斯多佛・羅賓不認識他那個朋友。袋鼠對袋鼠寶寶說：「親愛的，先把牛奶喝了再說話。」袋鼠寶寶正在喝牛奶，他想告訴媽媽他可以邊喝牛奶邊說話……結果媽媽不得不幫他拍背，花了好長時間才把他弄乾。

等大家吃得差不多了，克里斯多佛．羅賓用湯匙敲敲桌面。大家停止說話，非常安靜，只有袋鼠寶寶打了一陣嗝，然後假裝是兔子的某個親戚發出的聲音。

「這次派對，」克里斯多佛．羅賓說。「是因為某個人做了某些事，我們大家都知道那人是誰，這是他的派對，因為他做了那些事。我幫他準備了一份禮物，在這裡。」他到處找，說道，「在哪裡呢？」

他找禮物的時候，屹耳慎重其事地咳了幾聲，開始說話。

「朋友們，」他說。「還有跟班們，很高興看到大家來參加我的派對，或者我應該說到目前為止都很高興。我做的事其實沒什麼，你們任何人也都會那麼做。不過兔子、貓頭鷹和袋鼠除外。喔，還有噗噗。我的話當然不包括小豬和袋鼠寶寶，因為他們太小。你們任何人都會那麼做，只是剛好那個人是我。我不需要強調，我不是為了得到克里斯多佛・羅賓正在找的東西。」——這時他把前腳舉到嘴邊，悄悄大聲說，「桌子底下找一找。」——「才去做那些事。我那麼做是因為我覺得我們都應該盡力幫助別人。我覺得大家都應該……」

「咯！」袋鼠寶寶不小心打嗝。

「親愛的寶寶！」袋鼠用責備的語氣說。

「是我嗎？」袋鼠寶寶裝出訝異的模樣。

「屹耳在說什麼？」小豬低聲問噗噗。

「不知道。」噗噗鬱悶地說。

「我以為這是你的派對。」

「我原本也這麼認為，看來不是。」

「我寧可這是你的派對，不是屹耳的。」

「我也是。」

「咯！」袋鼠寶寶又打嗝。

「如同……我……剛才……說的，」屹耳嚴厲地說。「正如我剛才被很大的聲音打斷時說的，我覺得……」

「找到了！」克里斯多佛．羅賓開心地叫道。「傳過去給呆頭熊，送給噗噗的。」

「給噗噗的？」屹耳吃了一驚。

「當然，他是全世界最棒的熊。」

「我早該知道的。」屹耳說。「畢竟，我沒什麼好抱怨的。我也有朋友，昨天才有人來跟我說話。上星期或上上星期兔子撞上我，說：『傷腦筋！』我還得交際應酬，總是有事可忙。」

沒人聽他說話，因為大家七嘴八舌說著：「噗噗，打開來。」「噗噗，裡面是什麼？」「我知道是什麼。」「你才不知道。」以及其他適合這種場合的話。噗噗當然用最快的速度拆禮物，但他沒有弄斷繩子，因為誰也不知道繩子什麼時候會用得上。禮物終於拆開。

噗噗看見禮物時，高興得差點摔倒。那是一個特別的鉛筆盒，裡面有標示「B」的鉛筆，代表「熊」；也有標示「HB」的鉛筆，代表「熱心助人的熊」（helping bear）；還有標示「BB」的鉛筆，代表「勇敢的熊」（brave bear）。鉛筆盒裡還有一把小刀，用來削鉛筆；一個橡皮擦，用來擦掉寫錯的字；一把尺，用來畫線，好讓字走在上面；尺上有刻度，方便你知道某個東西有多長。鉛筆有藍色、紅色和綠色，方便你用藍色、紅色和綠色說特別的事。這些漂亮的東西都有各自的小格子，裝在特別的盒子裡，這個盒子關上時會咔嗒一聲。這些東西都是給噗噗的。

「哇！」噗噗說。

「哇！」大家說，除了屹耳以外。

「謝謝你！」噗噗大聲說。

屹耳在自言自語：「寫字這回事，鉛筆有的沒有的，要我說，其實沒那麼重要。都是些蠢東西，沒多大用處。」

後來大家都跟克里斯多佛．羅賓說了「再見」和「謝謝」，噗噗跟小豬在金黃色的晚霞中走回家，他們若有所思，沉默了很長時間。

「噗噗，你每天早晨醒來的時候，」小豬問。「跟自己說的第一句話是什麼？」

「早餐吃什麼？」噗噗說。「那麼你說什麼呢？」

「我會說，今天會發生什麼有趣的事？」小豬答。

噗噗意味深長地點點頭。

「意思一樣。」他說。

＊＊＊

「結果發生了什麼事。」克里斯多佛・羅賓問。

「什麼時候？」

「隔天早上。」

「我不知道。」

「你能不能想一想，改天再告訴我跟噗噗。」

「如果你真的很想聽的話。」

「噗噗想聽。」克里斯多佛·羅賓說。

他深深嘆了一口氣，拉起他的熊的腳，走向門口，把噗噗維尼拖在腳後跟。走到門口時，他轉身問我：「要來陪我洗澡嗎？」

「也許吧。」我說。

「噗噗的鉛筆盒有沒有比我的好？」

「一模一樣。」我說。

他點點頭走出去……不一會兒我聽見噗噗維尼咚、咚、咚跟著他上樓去了。

愛經典 017

小熊維尼【珍藏獨家夜光版】
Winnie-the-Pooh

作者　艾倫・亞歷山大・米恩 A. A. Milne
譯者　陳錦慧

出版者　愛米粒出版有限公司
地址　台北市10445中山北路二段26巷2號2樓
編輯部專線　(02) 2562-2159
傳真　(02) 2581-8761
【如果您對本書或本出版公司有任何意見，歡迎來電】

總編輯　莊靜君
特約編輯　金文蕙
印刷　上好印刷股份有限公司
電話　(04) 2315-0280
初版　二〇二〇年(民109)九月一日
定價　250元
總經銷　知己圖書股份有限公司　郵政劃撥：15060393
(台北公司)台北市106辛亥路一段30號9樓
電話：(02) 2367-2044／2367-2047　傳真：(02) 2363-5741
(台中公司)台中市407工業30路1號
電話：(04) 2359-5819　傳真：(04) 2359-5493
法律顧問　陳思成
國際書碼　978-986-98939-2-3　CIP：873.596/109009772

愛米粒出版有限公司
Emily Publishing Company, Ltd.

因為閱讀，我們放膽作夢，恣意飛翔──
在看書成了非必要奢侈品，文學小說式微的年代，愛米粒堅持出版好看的故事，讓世界多一點想像力，多一點希望。